Jorge Luis
Borges

Otras inquisiciones

探讨别集

[阿根廷] 豪尔赫·路易斯·博尔赫斯 著

王永年 黄锦炎 等 译

上海译文出版社

目 录

长 城 和 书

他的长城界限了流浪的鞑靼人……

《群愚史诗》[1]，第二章第七十六行

前几天，我在书上看到那个下令修筑中国的长得几乎没有尽头的城墙的人是第一个皇帝，始皇帝，他还申令全国焚毁先于他的全部书籍。这两项规模庞大的行动——抵御蛮族的五六百里格[2]长的石墙和严格地废止历史，也就是说废止过去——竟然出自一人之手，并且在某种意义上成为他的象征，这件事使我感到难以解释的折服，同时也使我不安。这篇短文的目的便是探讨引起这种感情的原因。

从历史观点考虑，这两项措施并无神秘之处。秦始皇帝与军功显赫的汉尼拔同一时代，他并吞六国，结束了封建割据的局面；他修筑长城，因为城墙是防御工事；他焚书，因为反对派引经据典颂扬以前的帝王。焚书和筑防御工事是君主们常干的事；始皇帝的独特之处在于他行动的规模。某些汉学家是这么解释的，但我认为我刚才提到的事实不是把一些普通事实加以夸张的问题。给菜圃或花筑一道围墙是常有的事；把一个帝国用城墙围起来就不一般了。企图使具有最悠久传统的种族放弃对过去的记忆也不是一桩小事，不论他的过去是神话还是现实。当始皇帝下令历史以他为起点时，中国人已经有三千年文字记载的历史了。

始皇帝曾逐出淫乱的生母；正统的人认为他这种严厉的处置是不敬；始皇帝之所以要废止整个过去，也许是为了抹掉一个回忆：他母亲的丑行。（一个犹太国王也有类似情况，

---

1 英国诗人蒲柏为反击论敌而写的讽刺作品，全诗四卷，其中叙说愚昧王国的桂冠诗人在梦中见到王国过去、现在和将来的成就，愚昧女神禁止人们思想，使他们孜孜于愚蠢的琐事，最后黑夜和混乱统治一切。

2 League，欧洲和拉丁美洲的一个古老的长度单位，在英语世界里通常定义为三英里或三海里。

为了要杀一个小孩子，他杀尽了所有的孩子。¹⁾这一推测值得重视，但我们还没有关于神话的另一侧面——长城——的线索。据历史学家的记载，始皇帝禁止提到死亡，并寻求长生不老的灵药，在一座象征的宫殿里深居简出，那座宫殿的房间同一年的日子数目相等；这些资料表明，空间范畴的长城和时间范畴的焚书是旨在阻挡死亡的有魔力的屏障。巴鲁赫·斯宾诺莎说过，一切事物都希望永远存在；这位皇帝和他的方士们也许认为长生不死是内在的本质，外邪进不了一个封闭的世界。也许那位皇帝为了真正成为第一，便想重新开创时间，自称为"始"，为了仿效那个发明文字和指南针的传说中的黄帝，他便自称为"皇帝"。据《礼记》记载，黄帝为万物正名；始皇帝在传诸后代的碑铭中自诩在他治下万物的名字各得其所。他想建立一个千秋万代的王朝，命令他的继承人称为二世、三世、四世，直至永远……我谈了魔力方面的意图；也可以设想筑城和焚书不是同时采取的行动。按照我们选择的顺序，可以设想那位皇帝先是破坏，后来出于

1　参见《圣经·新约·马太福音》，希律王听说基督诞生将做犹太人之王，差人除灭基督未遂，便下令将伯利恒城里并四境所有两岁以内的男孩一概杀尽。

无奈才做保护工作，或者大彻大悟，破坏了他先前维护的东西。两种设想都有动人之处，但据我所知都缺乏历史基础。汉学家翟理思[1]说凡是隐匿书籍、不交出焚毁的人一概打上烙印，被罚苦役，终身去筑那不知伊于胡底的城墙。这种说法推动或者容忍了另一种解释。也许长城是一个隐喻，始皇帝罚那些崇拜过去的人去干一件像过去那样浩繁、笨拙、无用的工程。也许长城是一种挑战，始皇帝是这么想的："人们厚古薄今，我和我的刽子手无法改变这种状况，但以后可能出现想法和我相同的人，他会像我毁书一样毁掉我的长城，那人抹去我的名声，却成了我的影子和镜子而不自知。"始皇帝筑城把帝国围起来，也许是因为他知道这个帝国是不持久的；他焚书，也许是因为他知道这些书是神圣的，书里有整个宇宙或每个人的良知的教导。焚书和筑城可能是相互秘密抵消的行动。

目前和今后我无缘见到的在大地上投下影子的长城，是一位命令世上最谦恭的民族焚毁它过去历史的恺撒的影子；

1　Herbert Allen Giles（1845—1935），英国学者、著名汉学家。

这个想法可能是自发的，与猜测无关。(它的特性可能在于规模庞大的建设与破坏之间的矛盾。)把上述情况加以概括，我们或许可以得出这样的推论：一切形式的特性存在于它们本身，而不在于猜测的"内容"。这符合克罗齐[1]的论点；而佩特[2]早在一八七七年已经指出，一切艺术都力求取得音乐的属性，而音乐的属性就是形式。音乐、幸福的状态、神话学、时间塑造的面貌、某些晨暮的时刻以及某些地点，都想对我们说些什么，或者说了些我们不该遗忘的事，或者正要向我们传达某些信息；这一即将来临然而没有出现的启示或许正是美学的事实。

一九五〇年，布宜诺斯艾利斯

王永年 译

---

1 Benedetto Croce（1866—1952），意大利哲学家、美学家、文学批评家、历史学家。他发表过四部反映他整个哲学体系的著作：《美学》、《逻辑学》、《实践活动的哲学》、《历史学的理论与实践》。克罗齐的美学基本概念是直觉即艺术。他认为直觉的功用是给本无形式的情感以形式，使它因而成为意象而形象化。

2 Walter Pater（1839—1894），英国作家、批评家，是 19 世纪末主张"为艺术而艺术"的美学运动的代表人物。

帕斯卡圆球

　　或许世界历史就是那么几个隐喻的历史，本文的目的就是概述一下这部历史的一个章节。

　　在公元前六世纪，那位游吟诗人克塞诺芬尼[1]，对从一个城市到另一个城市地咏唱荷马的史诗感到厌倦，他抨击了那些赋予诸神人形特征的诗人们，并给希腊人提出了单一的上帝，那是一个永恒的圆球。在柏拉图的《蒂迈欧篇》中可以读到，圆球形是一个最完美、最整齐划一的图形，因为从球面上的所有的点到圆心都是等距离的。奥洛夫·葛恭（《希腊哲学溯源》，第一百三十八页）认为克塞诺芬尼所说的与此相似：上帝是个球状体，因为这种形状是最好的，或最适合用来代表神灵的形状。四十年后，巴门尼德又一次重复了这个比喻（"本体就像一个非常圆的球状的质量团，从圆心向任何方向的力都是恒定的"）；卡洛杰罗和蒙多尔福论证说，他直觉感到了一个无限的，或者说在无限增长的球形，而且我刚才抄录的话具有动态的意义（阿尔贝特里：《埃利亚学派》，第一百四十八页）。巴门尼德在意大利教过书；在他去世后不久，西西里人恩培多克勒[2]构思了一部颇费功夫的宇宙起源学：有一个时期，土、水、气和火组成了一个无边的圆球，"活跃在它的圆形的孤独中的圆球"。

世界的历史继续着它的进程，被克塞诺芬尼攻击过的那些过于类人的神祇，被贬成诗歌中的虚构或贬为魔鬼。但据说有一个人，赫耳墨斯·特里斯墨吉斯忒斯[3]，他曾口述过数量不详的书籍（据亚历山大的克雷芒[4]说是四十二本，扬布

---

1 Xenophanes（约前560—约前478），一译色诺芬尼，古希腊哲学家，埃利亚学派的创始人。
2 Empedocles（前490—约前435），古希腊哲学家、诗人、医生，持物活论观点，认为万物皆由水、火、土、气四种元素构成。
3 Hermes Trismegistus，埃及智慧之神透特的希腊名，相传曾著有魔术、宗教、炼金术、占星术等方面的书籍。
4 Clement of Alexandria（150—211至215之间），基督教护教士，用希腊哲学将哲学与神学思想结合起来。

利科斯说有两万本,透特的教士们说有三万六千五百二十五本),这些书的内容无所不包。那个幻影书库的残篇,从三世纪起就被收集或被编造,成了一部所谓《赫耳墨斯全集》。在某一残篇中或是在《阿斯克勒庇俄斯》一书(据说也是特里斯墨吉斯忒斯所著)中,法国的神学家里尔的阿兰在十二世纪末发现了这个后世人不会忘记的公式:"上帝是一个理念的圆球,其圆心无处不在而圆周则不在任何地方。"苏格拉底的前人说是一个无边的圆球;阿尔贝特里(与从前的亚里士多德一样)认为这么说犯了一个自相矛盾的错误,因为主项和谓项互相抵消;此话也许是对的,但赫耳墨斯书里的公式几乎让我们直接感知了那个球。八世纪,在极富象征意味的《玫瑰传奇》[1]中再次出现这个比喻,说是柏拉图的话,还有在那部百科全书《大镜》中也提到过;十四世纪,在庞大固埃的最后一本书[2]的最后一章中提到了"那个智能球,它的圆心无处不在,而它的圆周不在任何地方,我们称它为上帝"。按中世纪人的理解,其意义是明确的:上帝在每个造物身上,

---

1　法国中世纪长篇叙事诗。
2　即拉伯雷《巨人传》第五卷。

而没有一个造物能限制它。所罗门说过，"天和天上的天，尚不足你居住的"（《列王纪上》，第八章第二十七节）。那圆球的几何比喻很像是这些话的注释。

但丁的诗歌中保留了托勒密的天文学，它曾统治人们的想象力达一千四百多年。地球是宇宙的中心。它是一个不动的球体；在它的周围转动着九层同心的球体。前七层是行星天（月球天、水星天、金星天、日球天、火星天、木星天、土星天）；第八层是恒星天；第九层是水晶天，也称"第一运动体"，围着它转的是"最高天"，由光构成。整个这套复杂的由空心的、透明的、转动的（有的系统要转五十五周）球体构成的机器，曾经是一种思维的需要；《天体运行论》就是哥白尼——亚里士多德的否定者——给那部改变了我们对宇宙的看法的手稿所起的腼腆的书名。对乔尔丹诺·布鲁诺来说，打破层层星空是一种解放。他在《圣灰星期三的晚餐》中提出，世界是一个无穷原因的无穷结果，神灵就在我们近旁，"因为它在我们体内胜过我们自己在自己体内"。他咬文嚼字地向人们宣布那个哥白尼的宇宙，在著名的一页中他写道："我们可以有把握地说，宇宙都是中心，或者说宇宙的中

心在所有的地方，而圆周则不在任何地方。"（《论原因、本原和太一》，第五章）

这是一五八四年在文艺复兴的光辉照耀下怀着激情写出来的：七十年后这种热忱已一丝不存，人们在时间和空间中感到失去了方向。在时间上，因为假如将来和过去都是无限的，那实际上就不存在一个什么时候；在空间上，因为假如一切与无穷大和无穷小都是等距离的，那实际上就不存在一个什么地方。谁也不是处在某一天、某一地方；谁也不知道自己的脸的大小。文艺复兴时期，人类自以为已经成年，并通过布鲁诺、康帕内拉和培根之口宣布过。到了十七世纪，一种暮年的感觉使人类害怕；为了证明这一点，人们挖掘出了由于亚当的原罪，所有的造物都在缓慢地、致命地蜕化的信念。（在《创世记》第五章中写道"玛士撒拉共活了九百七十九岁[1]就死了"；在第六章中写道"那时候有伟人在地上"。）约翰·多恩在哀歌《世界的解剖》发表一周年时，哀叹人生短暂和现代人身材的矮小，就像精灵和小矮人。根

1　据《圣经》，应为九百六十九岁。

据约翰逊写的传记，弥尔顿曾担心地球上不会再有英雄史诗；格兰维尔[1]认为亚当是"上帝的勋章"，真有一副望远镜和显微镜的眼力；罗伯特·索斯[2]写过一句名言，"亚里士多德只不过是亚当的废墟，而雅典则是天堂的雏形"。在那个沮丧的世纪，那激发了卢克莱修创作出六步韵诗的绝对空间，那布鲁诺认为是一种解放的绝对空间，对帕斯卡来说，是一座迷宫、一道深渊。他厌恶宇宙、敬奉上帝，可是上帝对他来说，不如他所憎恶的宇宙真实。他悲叹，不能再谈论天堂了，他把我们的人生比作遇难者在荒岛上的生活，他感到物质世界不断的压力，感到头晕、恐惧和孤独，并把这些写进另外一句话中："大自然是一个无限的圆球，其圆心无处不在，而圆周则不在任何地方。"布兰斯维克就这样出版了文稿。但图尔纳在评注本（巴黎，一九四一年）中发表了手稿的涂改和斟酌处，原版本显示，帕斯卡当初还用了骇人

1　Joseph Glanvill（1636—1680），英国哲学家和牧师，攻击经院哲学，后任皇家学会会员。

2　Robert South（1634—1716），英国高教会派神学家，在布道中嘲弄清教徒，深得复辟的保王党的欢心。

的这个词,"一个骇人的圆球,其圆心无处不在,而圆周则不在任何地方"。

或许世界历史就是几个隐喻的不同调子的历史。

黄锦炎 译

柯勒律治之花

　　大约一九三八年，保尔·瓦莱里写道："文学的历史不应当是作家的历史以及作家生平或作品创作生涯中的种种际遇的历史，而应当是作为文学的创造者或消费者的精神的历史。甚至可以不提及任何一位作家而完成这部历史。"在谈论文学史时提到精神这个词，这不是第一次。一八四四年，在康科德，另一位作家就曾写过："可以说世间所有的作品都是由一个人写出来的；这些书的中心如此统一，以至于无法否认都是出自一位无所不知的博学先生之手。"（爱默生：《散文集》，第二卷第八章）此前二十年，雪莱曾发表见解说，所有过去的、现在的和将来的诗作，都只是一首无穷无尽的长诗的片断或选段，那是全球所有的诗人建树的长诗（《为诗辩护》，一八二一年）。

这些观点（当然，隐含着泛神论）可能会引出一场永无休止的论战；现在我提到它们，是为了达到一个小小的目的：通过三位作家风格迥异的作品，来说明一个思想的演变过程，第一篇是柯勒律治的短文；我不知道究竟写于十八世纪还是十九世纪初，他是这么写的："如果一个人在睡梦中穿越天堂，别人给了他一朵花作为他到过那里的证明，而他醒来时发现那花在他手中……那么，会怎么样呢？"

不知道我的读者对这一想象有何见解，笔者认为十分完美，要用它来作为基础顺利地进行其他创作，还没动手就觉得不可能；因为它具有一个终点的完整性和统一性。当然是这样；在文学的领域中，诚如其他领域，没有一个行为不是一系列数不清的原因的结果和一系列数不清的结果的原因。在柯勒律治的创作背后，就有历代有情人们共同参与的、古老的创造：索要一枝花作为信物。

我要引用的第二篇文章是威尔斯于一八八七年创作初稿、又于一八九四年夏重写的一部小说。小说第一版题为 *The*

Chronic Argonauts[1]（在这个被废弃的书名中，chronic 的词源
意义为"时间的"）；最后定名为《时间机器》。在这部小说
中，威尔斯继承并改造了一个极其古老的文学传统：预见未
来的事。以赛亚[2] 看到了巴比伦的没落和以色列的重建，埃涅
阿斯看到了他的后世罗马人的军事命运。《埃达》中的女预言
家看到了众神的回归，在周期性的战争后，我们的人间毁灭
了，众神在一片新的草地的草丛中，发现了他们以前玩过的
象棋散落的棋子……威尔斯笔下的主人公，不同于那些旁观
的预言家们，他亲身去周游未来。归来时疲惫不堪、满身尘
埃，都累垮了；他从分裂成相互仇恨的物种的遥远的人类处
归来——那里有游手好闲的埃洛伊人，他们居住在岌岌可危
的宫殿和满目疮痍的花园里，还有穴居地下的夜视族莫洛克
人，后者以前者为食；他归来时两鬓苍苍，手中握着从未来
带回的一朵凋谢了的花。这是柯勒律治的构思的翻版。未来
之花比天堂之花或是梦中之花更令人难以置信，这朵矛盾花
的原子，现在都在其他地方，还没有结合起来呢。

1　英语，阿戈尔英雄们的时间。
2　Isaias，公元前 8 世纪希伯来预言家。

我要说的第三个版本，一个最精心加工的版本，是一位远比威尔斯复杂的作家的作品，虽然这位作家所具备的被称作古典的那些令人愉快的优点不及威尔斯。我说的是《谦卑的诺斯摩尔一家》的作者，那个忧郁而晦涩的亨利·詹姆斯。他在临终前留下了一部尚未完成的带幻想性的小说：《过去的感觉》，那是《时间机器》的变奏曲或加工本。威尔斯笔下的主人公乘坐一辆令人不可思议的车远游未来，就像其他车在空间中来回，此车可在时间中往返；詹姆斯的主人公出于对那个时代的眷恋，回到了过去，回到了十八世纪。（这两件事都不可能发生，但詹姆斯的描述更少随意性。）在《过去的感觉》中，现实与想象的纽带，不是前两部作品中提到的一朵花，而是一幅十八世纪的肖像画，奇怪的是画中人居然就是主人公自己。此人爱画入迷，竟然回到了画作绘制的日期。在他遇到的人中，自然有那位画家；画家怀着恐惧和厌恶创作了这幅画，因为他从这张未来的面容中，看到了一种少见的、异乎寻常的东西……就这样，詹姆斯创作了无与伦比的无穷倒退，因为它的主人公拉尔夫·彭德尔去了十八世纪。原因在结果之后，旅行目的成了旅行的结果之一。

威尔斯确实没读过柯勒律治的文章；而亨利·詹姆斯读过且很欣赏柯勒律治。诚然，如果所有的作者是一个作者的说法成立，上述事件就不足挂齿了。其实，没有必要扯这么远；泛神论者声称作者多元性是不切实际的，这在古典主义者那里得到了出乎意料的支持，古典主义者认为多元说无足轻重，对古典主义来说，最根本的是文学，而非个人。乔治·穆尔和詹姆斯·乔伊斯都在自己的作品中融进了别人的篇章和词句。奥斯卡·王尔德则常常奉献故事情节让别人去创作。两种行为，虽然表面上是对立的，但可以说明同一个艺术的含义。这是一种公平的、非个人的含义……另一位动词深层统一的见证人，一位主语局限性的否定者，就是本·琼森。他致力于撰写他的文学遗训和对其同时代人的褒贬意见，但也只是把塞内加、昆体良[1]、利普修斯[2]、比维斯[3]、伊拉斯谟、马基雅维利、培根和两个斯卡利杰的只言片语拼装起来。

1　Quintilianus（约35—约95），古罗马演说家、修辞学家。
2　Justus Lipsius（1547—1606），佛兰芒人文主义作家。
3　Juan Luis Vives（1492—1540），西班牙人文主义哲学家。

最后一个看法。有些人亦步亦趋地抄袭某位作家，他们不是为个人而抄，他们抄袭是因为把这位作家与文学混同起来了，因为他们担心一旦在某一点上背离了这位作家，就是背离了理性和正统。有许多年，我一直认为在那几乎浩瀚无垠的文学中，只存在着一个人。此人就是卡莱尔，就是贝希尔[1]，就是惠特曼，就是坎西诺斯－阿森斯，就是德·昆西。

黄锦炎 译

1　Johannes Becher（1891—1958），德国诗人。

柯勒律治的梦

　　《忽必烈汗》那首片断的抒情诗（五十多行合辙押韵、长短不等、韵律铿锵的诗句）是英国诗人塞缪尔·泰勒·柯勒律治在一七九七年一个夏日梦中偶得之作。柯勒律治写道，他在埃克斯穆尔高地的一座农庄小住时，由于身体不适吃了催眠药，不久便睡着了；入睡前他正好在看珀切斯[1]的一篇游记，其中谈到因马可·波罗的介绍而在西方出名的元世祖忽必烈汗修建宫殿的事。在柯勒律治的梦中，脱口而出的诗句纷至沓来；睡梦中的人直接看到一系列形象，听到一连串写景状事的词句；几小时后他醒来了，满有把握地认为自己已经作好或者被传授了一首三百多行的长诗。他记得出奇地清晰，继而转录了现存在他作品中的那个片断。但一位不速之客打断了他的工作，之后，他怎么也回忆不起其余的诗句。"我相当惊骇地发觉，"柯勒律治写道，"自己只是模模糊糊地记得大概的情景，除了八九行零散的诗句以外，其余的统统消失，仿佛水平如镜的河面被一块石头打碎，它反映的景象怎么也恢复不了原状。"斯温伯恩认为记录下来的片断是英语韵律中最高的典范，像天空中的彩虹一样不可能加以解析（约翰·济慈语）。以音乐性为基本特点的诗歌是难以翻译或概括的，翻译或概括只能损害原著；现在我们只消记住柯勒律治是在梦中得到了光彩夺目的诗篇。

这个事例虽然不寻常，却并非绝无仅有。哈夫洛克·埃利斯[2]在他的心理研究著作《梦的世界》中，把这件事和小提琴演奏家、作曲家朱塞贝·塔蒂尼[3]的例子相比较。塔蒂尼梦见魔鬼（他的奴隶）用小提琴奏出一支精彩的奏鸣曲；他醒后根据不完整的回忆写出了《魔鬼的颤音》。另一个无意识的

---

1 Samuel Purchas（1575—1625），英国教士、作家，编纂了伊丽莎白女王时代的大量游记与航海记。
2 Havelock Ellis（1859—1939），英国作家、文学批评家，以性心理学研究著名。
3 Giuseppe Tartini（1692—1770），意大利小提琴演奏家、作曲家。

大脑活动的例子是罗伯特·路易斯·斯蒂文森的情况，他在《说梦》一文中提到《奥拉拉》的故事情节是从一个梦中得到的，一八八四年的另一次梦则给了他创作《化身博士》的启发。塔蒂尼清醒时想模仿梦中的音乐；斯蒂文森从梦中得到故事情节的启发，也就是说，大致的形式；而同柯勒律治的口头启发相似的是比德副主教所描述的凯德蒙[1]的故事（《英国人民宗教史》，第四章第二十四节）。事情发生在七世纪末撒克逊王朝统治下虔诚尚武的英国。凯德蒙是个没有文化的牧羊人，当时年纪已经不轻；一晚，他从聚会上溜出来，因为眼看竖琴就要传到他手里，而他知道自己不会吟唱。他躺在马厩里，在马匹中间睡着了，梦中听到有人叫他的名字，吩咐他吟唱。凯德蒙回说不会，对方说："你就唱'万物之始'吧。"于是凯德蒙说出了自己从未听闻的诗句。他醒后记忆犹新，居然能到附近的圣希尔达修道院长那里复述。他不识字，僧侣们便把《圣经》的章节解释给他听，他"像牛反刍似的细细咀嚼，然后转换成优美无比的诗歌，唱出了世界

1　Caedmon（活动时期 658—680），盎格鲁 – 撒克逊诗人，传说是一系列《圣经诗》的译著者，包括《创世记》、《出埃及记》、《但以理书》、《基督与撒旦》等。

和人的创造，整个《创世记》的故事，以色列的后代出埃及和到达应许之地，基督的降世、受难、复活与升天，圣灵的来临，使徒的教导，以及最后审判的可怕，地狱惩罚的恐怖，天堂的甜美，上帝的恩惠与睿智"。他是英国第一位诗圣；"无人可与他比拟，"比德说，"因为他师从的不是人，而是上帝。"几年后，他预言自己的死期，在睡眠中安然逝去。但愿他再度和他的天使相遇。

乍看起来，柯勒律治的梦仿佛不如他的先驱者那样不可思议。《忽必烈汗》是神来之笔，而凯德蒙梦中所得的九行赞美诗除了来自梦中之外，几乎没有别的长处，但柯勒律治已是成名的诗人，而凯德蒙只是受了神的感召。尽管如此，还有一个事实使产生《忽必烈汗》的梦的神奇之处达到了深奥难测的程度：如果这件事属实，柯勒律治的梦的历史要比柯勒律治早几百年，而且至今还未结束。

诗人是一七九七年做梦的（也有人说是一七九八年），在一八一六年发表他对于那个梦的追记，作为他未完成的诗的注释或辩解。二十年后，巴黎出现了十四世纪拉施特编写的《史集》的第一个西方语言节译本，那是波斯出版的众多的世界历史著作中的一部。书中有一页提到："忽必烈汗在上都之东修建一座宫殿，宫殿设计图样是其梦中所见，记在心中的。"这段记载的作者是合赞的大臣、忽必烈汗的后代。

一位十三世纪的蒙古可汗梦见一座宫殿，根据梦中所见修建了宫殿；一位十八世纪的英国诗人不可能知道那座建筑的蓝图是一场梦，却梦到有关宫殿的诗。睡梦中的人心灵感应，跨越空间和时间造成了对称，与之相比，宗教书里提到的白日飞升、死而复生和鬼魂显露依我看就算不上神奇了。

那么，我们又如何解释呢？事先拒不承认一切超自然现象的人（我一向试图把自己归于那种人之列）认为两个梦的故事是巧合，是偶然出现的图像，正如云朵有时组成狮子或马匹的形象那样。另一些声称诗人大概知道可汗梦见宫殿，便说自己梦中得诗，以便造成一个美妙的假象，从而为他的残缺荒诞的诗作开脱或申辩[1]。这种推测有可取之处，但要求

1　据熟悉古典作品的读者判断，18 世纪末或 19 世纪初，《忽必烈汗》一诗比现在更被认为是匪夷所思。柯勒律治的第一个传记作家特雷尔在 1884 年写道："离奇的梦中所得的诗《忽必烈汗》远不只是一个心理学的奇特现象。"
——原注

我们武断地假设存在一篇汉学家们所不知的文章，证明柯勒律治有可能在一八一六年之前看过忽必烈汗的梦的记载[1]。

第一个梦替现实世界增添了一座宫殿；五个世纪后做的第二个梦替世界增添了一首由梦引起的诗（或者诗的开头）；两个梦的相似之处让人隐约看到一个意图；巨大的时间间隔表明了一个超人的执行者的存在。调查那个不死的或者长寿的人的目的也许既无用处又是狂妄的，不过我们可以无可非议地设想他的目的并未达到。一六九一年，在京的耶稣会教士张诚证实忽必烈汗的宫殿只剩下了废墟遗迹；我们知道，那首诗也只记下五十多行。这些事实不由得使人猜测，那一系列的梦和工作尚未结束。第一个做梦的人晚上看到宫殿，修建了它；第二个做梦的人并不了解前者的梦境，得到了关于宫殿的诗。如果这个先验图式不落空的话，在几个世纪后的一个夜晚，会有某个人做同样的梦，并且相信别人也会梦到同样的景象，然后用大理石或音乐把梦境塑造出来。梦的系列也许不会终止，解谜的答案也许在最后一个梦中。

---

1 参见约翰·利文斯顿·洛斯所著《通往上都之路》，1927，第 358、585 页。——原注

上文写完后，我又揣摩出另一种解释。也许有一个人所未知的标准型、一个永恒的事物（引用怀特海的说法）正在缓缓进入世界，它第一次表现于忽必烈汗的宫殿，第二次表现于柯勒律治的诗。凡是把两者作过比较的人都会看到它们相同的本质。

王永年 译

时间与约·威·邓恩

　　在《南方》杂志第六十三期（一九三九年十二月）上，我发表了"无穷倒退说"的史前史，第一部简陋的历史。那篇稿子上并不是所有的遗漏都是无心的；我故意不提约·威·邓恩，他从无穷倒退中推论出一套有关主体和时间的相当惊人的学说。因为要讨论（仅为表述）一下他的论点就会超出那篇文稿的篇幅。其论点之复杂，需要单独写篇文章来阐释；现在我来试试。促使我写这篇文章的是，看了邓恩最近写的那本书——《万物不死》（一九四〇年）——其中复述或概括了前三本书的内容。

　　同样的内容，叙述得更好一些。结构毫无新意：几乎令人吃惊的、难以想象的是作者的冷漠。在对此作出评论之前，让我先解释一下那些前提的一些变体。

保罗·多伊森所记载[1]的印度众多的哲学体系中的第七种，否定自我是认识的直接对象，"因为假如我们的灵魂是可以认识的，就需要有第二个灵魂来认识第一个，有第三个来认识第二个"。印度人没有历史观念（就是说，他们反常地只注重思想而不注重哲学家的姓名和生活时期）。但是，我们知道，那种对内省的根本否定已有大约八个世纪。一八四三年的时候，叔本华重新发现了它。"认识的主体，"他一再说，"不能作为主体被认识，因为那样就成了另一个认识主体的认识对象。"（《作为意志和表象的世界》，第二卷第十九节）赫尔巴特[2]也玩过这种主体的叠加游戏。在他还不满二十岁时就曾推论说，自我必须是无限的，因为认识自我就要求有一个也认识自己的另一个自我，那个自我又要求另一个自我（多伊森：《死亡更新哲学》，一九二〇年，第三百六十二页）。这些东西再添加些趣闻、寓言、讽刺嘲弄和图表，就成了邓恩

---

1 《吠檀多哲学论》，第 318 页。——原注
2 Johann Herbart（1776—1841），德国哲学家、教育理论家，在哲学上假定有多种多样的"现实"。

的专著的论据。

他推论说（《时间试验》，第二十二章），一个认知的主体不仅认识其观察到的东西，而且认识一个在观察的主体 A，因此，也认识另一个认识 A 的主体 B，因此，也认识另一个认识 B 的主体 C……他又不无神秘地补充说，这无数个内心的主体，不能容纳在三维空间中，但可以容纳在同样无数维的时间之中。在解释这一说明之前，我请读者再考虑一下此段所述的内容。

英国唯名论的优秀继承人赫胥黎认为，在感觉疼痛和知道自己感觉疼痛之间，只有说法上的区别，他嘲笑那些纯粹的形而上学派：在一切感觉中都区分出一个感觉主体、一个引起感觉的客体和那个急迫的人：自我。（《杂文集》，第七卷第八十七页）古斯塔夫·斯皮勒（《人的意识》，一九〇二年）承认，认识疼痛和疼痛是不同的两回事，但他认为两者就像同时听到一个声音和看到一张脸那样可以理解。他的看法我认为是有道理的。至于邓恩提出对认识的认识，并在每个个体身上建起一套令人头晕的、模糊的、不同等级的主体，我宁肯怀疑那是最初那个主体连续的（或者是想象出来的）状态。莱布尼茨说过："如果精神需要思考思考过的东西，只要接受一种感觉然后思考这种感觉，然后再思考这种思想，然后再思考思想的思想，这样一直到无穷。"（《人类理智新论》，第二卷第一章）

邓恩创造的获得无穷个时间的方法虽然不够令人信服，但构思却更巧妙。就像胡安·德·梅纳在他的《命运的迷宫》[1]中，或乌斯宾斯基在《第三工具》中那样，他提出，未来及其各种变迁和细节现在就已经存在，朝着预先存在的未来（或用布拉德利喜欢用的说法：从预先存在的未来）流淌着宇宙时间的绝对之河，或者说，我们生命的死亡之河。这种移动，这种流淌，像一切运动一样，需要有确定的时间；那我们就要有第二个时间来使第一个移动；要有第三个时间使第二个移动，就这样，直到无穷……[2]这就是邓恩提出的机

---

1 在这首 15 世纪的诗歌中，有一个画面是"很大的三个轮子"：第一个，不动的，是过去；第二个，能动的，是现在；第三个，不动的，是未来。——原注

2 在邓恩之前半个世纪，那"第一个时间在其中或快或慢移动的第二个时间的荒谬推测"，已经被叔本华发现并否定掉，这写在加于他的《作为意志和表象的世界》中的一篇批注手稿中，历史批评出版社的批注版第二卷第 829 页上有记载。——原注

制。在那些假设的或想象的时间中间，有着另一个回归叠加出来的、看不见的主体的永无止境的栖身处。

　　不知道读者们有何见教，我不想知道何物为时间（甚至不想知道时间是否为"物"）。但我猜想，时间的过程和时间是同一个奥秘，而不是两个。我怀疑邓恩犯了那些粗心的诗人犯的错误，他们说（举个例子）月亮露出了它红色的圆盘，他们就是这样用一个主语、一个动词和一个补语来替代一个不可分割的视觉形象，而这补语其实就是主语，只悄悄地加了个面具……邓恩是柏格森所谴责的知识分子的坏习惯的著名受害者，这坏习惯是把时间当作空间的第四维。他假设未来现在就存在，我们应该向它移动，但是，这一假设可以转化为空间，可以要求一个第二时间（也是以空间的形式、以线或以点的形式构成的），然后一个第三时间和一个第百万时间。在邓恩的四本书中，没有一本不提到"时间的无限维"[1]，但这些维度却是空间的。对邓恩而言，真正的时间是一个无限系列的无法达到的最

1　这句话是明白的。在《时间试验》一书第21章中，他说到过一个与另一个时间垂直的时间。——原注

后终点。

假设未来现在已经存在的理由是什么呢？邓恩给出了两个：一个是先兆性的梦；另一个是，跟代表作者风格的典型的、错综复杂的图表相比，这种假设更为简单些，同时也能避开时间不断增生的问题……

神学家们把永恒定义为同时地、清醒地拥有所有的时间瞬间，并宣称这是神的特性之一。邓恩令人吃惊地假设说，永恒已经是属于我们人类的，并且有每天晚上的梦为证。据他说，在梦中，直接的过去和直接的未来相汇合。清醒时，我们以同样的速度经历着连续的时间，在睡梦中，我们能看到一个极其广阔的区域。做梦就是把所看到的一个个镜头协调起来，用它们编织一部历史或一系列的历史。我们看到一个狮身人面像和一片药房的形象，于是就创造出药房变成狮身人面像的梦境。对明天我们将认识的人，我们给他安上黄昏时看过的一张脸上的嘴巴……（叔本华说过，生活和梦都是同一本书上的书页，按顺序去读就是生活，浏览这些书页就是做梦。）邓恩肯定说，在死亡中我们将学会顺利地掌握永恒。我们将恢复我们生命的每一个瞬间，按我们喜欢的方式组合。上帝和我们的朋友以及莎士比亚都会与我们配合。

面对如此光辉的论点,作者所说的任何谎言都是无关紧要的。

黄锦炎 译

天地创造和菲·亨·高斯[*]

"无脐之人仍存吾体，"托马斯·布朗爵士写了这句奇怪的话（《一个医生的宗教信仰》，一六四二年），意思是，他是在原罪中孕育的，因为他是亚当的后代。在《尤利西斯》的第一章中，也提到了那个没有母亲的女子的无瑕的紧绷的肚皮："夏娃，裸体的夏娃，她没有肚脐。"这个题材（我已经知道）很可能听起来粗俗而无聊，可是动物学家菲利普·亨利·高斯却把它与玄学的中心问题——时间——联系了起来。这联系是一八五七年的事；八十年的遗忘也许使它成了新闻。

《圣经》上有两处（《罗马书》，第五章；《哥林多前书》，第十五章）把所有的男人都要在他身上死去的第一个亚当，和最后一个亚当，即耶稣[1]，对立起来。这种对立，若不是纯粹的亵渎神明，就是包含着某种神秘的对照。《金传》[2]上说，十字架的木头来自天堂里的那棵禁果树；神学家们说，圣父创造的亚当的年龄是圣子死时的年龄——三十三岁。这一荒唐的精确性应该影响了菲·亨·高斯的宇宙起源学说。

菲·亨·高斯在《脐》（伦敦，一八五七年）一书中宣扬了这个观点，该书的副标题是"解开地质结的尝试"。我查询了各家图书馆，都没有找到这本书；为了写这篇文稿，我用了爱德蒙·高斯[3]（《父与子》，一九〇七年）和赫·乔·威尔斯（《条条航船驶向阿勒山》，一九四〇年）的摘要。

在他的《逻辑学》关于偶然性法则的章节中，约翰·斯

---

* Philip Henry Gosse（1810—1888），英国博物学家，在北美做过多年的动物学和昆虫学的研究，著有《海洋》和《自然史传奇》。

1 在宗教诗歌中，这样的联系是常见的。也许最能说明问题的例子是约翰·邓恩写于1630年3月23日的《病中赞上帝》的倒数第2节：

　　我想念伊甸乐园和各各他，
　　耶稣的十字架、亚当的树立在一起，
　　瞻仰基督，看到两个亚当注视我，
　　第一个亚当的汗水润湿我脸，
　　最后的亚当的热血浸透我魂。——原注

2 沃拉吉纳的雅各在18世纪写的一本有关圣徒们的生平的书。

3 Edmund Gosse（1845—1928），英国评论家、散文家和翻译家。

图亚特·穆勒论证说，宇宙在任何一个瞬间的状态是其前一状态的结果，只要有无限的智能就足以通过全面了解一个瞬间而了解宇宙的过去和将来的历史。（还有布朗基呀，尼采呀，毕达哥拉斯呀！他们也论证过，任何状态的重复均包孕着所有其他状态的重复，并使宇宙的历史成为一个周而复始的系列。）根据有关拉普拉斯的一个假说的颇有分寸的说法，他曾想象宇宙的目前状态，在理论上可以化作一个公式，有人可以从这个公式中推导出所有的将来和所有的过去。穆勒没有排除未来的外力打断这个系列的可能性。他说，状态 q 不可避免地产生状态 r；状态 r 产生状态 s；状态 s 产生状态 t；但是，他同意，在 t 之前，一场神意灾难——比如说世界末日——可能已经毁灭了地球。未来是必然的、确切的，但可能不会发生，上帝在时不时地窥视着。

　　一八五七年，一场分歧使人们大伤脑筋。《创世记》说上帝创造世界用了六天——希伯来历上明明白白的六天，从日落到日落；古生物学家却无情地要求大大增加时间。德·昆西徒劳地一再重申，《圣经》必须不授人以任何科学，因为科学是一种广大的机制，它能发展和训练人类的智能……如何使上帝跟化石调和一致，让查尔斯·莱尔[1]与摩西和解呢？菲·亨·高斯得力于祈祷，提出了一个惊人的答案。

穆勒推想出一种诱发性的、无限的、可以被上帝未来的行为打断的时间；菲·亨·高斯推想出一种彻底诱发性的、无限的、已经被一个过去的行为——创造天地——打断的时间。状态 n 不可避免地产生状态 v，但在 v 之前可能已发生末日审判：状态 n 是以状态 c 为前提的，但 c 没有发生，因为世界是在 f 或是在 b 创造的。时间的第一瞬间与天地创造的瞬间一致，正如圣奥古斯丁所说。但是这第一个瞬间不但包含了一个无限的未来，还包含了一个无限的过去。一个假定的过去，这当然，但却是详细而又不可避免的。出现了亚当，他的牙齿和他的骨骼有三十三岁；出现了亚当，露着一个肚脐，尽管没有任何脐带把他和母亲连在一起（爱德蒙·高斯语）。推理的原则要求是，没有一个结果是没有原因的；那些原因要求另外一些原因，并不断向后递增[2]；所有的

1　Charles Lyell（1797—1875），英国地质学家，认为地球的表面特征是在不断地、缓慢地变化的自然过程中形成的，反对灾变论和求助于《圣经》。
2　参见斯宾塞《事实与评论》，1902，第 148 至 151 页。——原注

原因都有具体的线索可寻，但只有天地创造之后的原因才是真正存在过的。虽然雕齿兽的骨架就在卢汉的峡谷，但从来没有存在过雕齿兽。这就是菲利普·亨利·高斯向宗教和科学提出的绝妙的（首先是不可思议的）论断。

宗教和科学都不接受。记者们把他的论断称为关于上帝把化石藏在地下以便考验地质学家的信仰的学说；查尔斯·金斯莱[1]驳斥说，那上帝就会在岩石上刻上"一个肤浅的大谎言"。菲·亨·高斯徒劳地提出了他的论断的玄学基础：一个时间的瞬间，如果没有另一个先导的瞬间和一个后续的瞬间，这样直至无限，那是不可思议的。我不知道他是否看过坎西诺斯－阿森斯的犹太教法典选《塔木德之美》开头几页中出现过的那句古老箴言："那只是第一夜，但一系列的世纪已经先它而过去。"

对于菲·亨·高斯那被人遗忘了的论断，我想指出两个优点。第一，其文笔高雅得有点出奇。第二，他无意中对"以无创有"之说作了反证，间接地证明了宇宙是永恒的，这

1　Charles Kingsley（1819—1875），英国作家、神学家。

与吠檀多和赫拉克利特、斯宾诺莎和原子论者们所想的一样，罗素又更新了这一理论。在《心的分析》（伦敦，一九二一年）第九章中，他假设说，地球是在几分钟前创造的，上面有"能回忆起"虚幻的过去的人类。

一九四一年，布宜诺斯艾利斯

后记

一八〇二年，夏多布里昂（《基督教真谛》，I，4，5）从美学角度出发，提出了与菲·亨·高斯相同的论点。他指出，天地创造的第一天到处是雏鸟、幼鱼、小兽和种子的说法既乏味又可笑，他写道：若没有原创的衰老，幼稚的大自然就不如堕落的大自然美丽。

黄锦炎 译

阿梅里科·卡斯特罗博士的惊恐[*]

　　"问题"一词可以成为一种潜在的预期理由。说"犹太问题"就是要让犹太人成为一个问题；就是预言（并建议）迫害、掠夺、枪杀、斩首、强奸的罗森堡[1]博士的时文政论。虚假的问题的另一个缺点是倡导同样是虚假的解决办法。对老普林尼来说（《自然史》，第八卷），光提出龙在夏天攻击大象还不够，他还大胆假设说，它们这样做为的是要吸干大象的血，正如无人不知的，象血非常凉。对阿梅里科·卡斯特罗（《布宜诺斯艾利斯的语言特点》等等）来说，光提出"布宜诺斯艾利斯语言混乱"还不够，他还大胆假设了"布宜诺斯艾利斯市俚语"和"高乔爱好神秘论"。

　　为了论证第一个论点——拉普拉塔地区西班牙语的不纯

粹——博士使用了一种方法，我们应该称它为尖端的方法，免得怀疑他的智力；称它为直率的方法，免得怀疑他的真诚。他收集了帕切科、巴卡雷萨、利马、《最后的理性》、孔图尔西、恩里克·冈萨雷斯·图尼翁、巴勒莫、利安德雷斯和马尔法蒂的片言只语，以孩童般的认真抄录了下来，然后作为我们语言不纯的例证推而广之地展示。他不怀疑这些说法 ——Con un feca con chele/y una ensaimade/vos te venís pal Centro/de gran bacán——是漫画化的；宣称这种"语言严重不纯的症状"其远期原因是"众所周知的情况使拉普拉塔河的周边国家变成了西班牙帝国的脉搏传到那里时已变得软弱无力的地区"。以同样的效率，可以论证在马德里西班牙语连痕迹也不剩了，论据是拉斐尔·萨利拉斯（《西班牙的罪犯：他们的语言》，一八九六年）抄录的歌谣：

　　　　El minche de esa rumi

---

*　参见《拉普拉塔地区的语言特点及其历史意义》，洛萨达出版社，布宜诺斯艾利斯，1941。——原注
1　Alfred Rosenberg（1893—1946），纳粹党魁，在东欧推行极端的纳粹主义，1946 年被纽伦堡法庭判处绞刑。

Dicen no tenela bales;

Los he dicaito yo,

Los tenela muy juncales...

El chibel barba del breje

menjindé a los burós;

apincharé ararajay,

y menda la pirabó.

　　跟它的艰涩相比，下面这首可怜的布宜诺斯艾利斯俚语歌谣简直可算是晓畅的：

El bacán le acanaló

el escracho a la minushia;

después espirajushió

por temor a la canushia.[1]

1　路易斯·比利亚马约尔记录了这些黑话词汇:《下层的语言》(布宜诺斯艾利斯，
　　1915)。卡斯特罗不了解这些词汇，也许因为阿图罗·科斯塔·阿尔瓦雷斯在
　　一本基础书上提到过它:《阿根廷的西班牙语》(拉普拉塔，1928)。顺便提一下，
　　没有人在说话时真的会念成 minushia，canushia，espirajushiar。——原注

在第一百三十九页上，卡斯特罗博士宣称又写了一本关于布宜诺斯艾利斯的语言问题的书；在第八十七页上，他吹嘘自己已经破译了林奇的一段乡下人对话，"其中人物使用了最无教养的表达方式，只有我们这些掌握了拉普拉塔河地区的各种黑话的人才能完全理解"。各种黑话：这里用了复数真是奇怪。因为除了布市俚语（只是少量的监狱黑话，没有人梦想拿它与西班牙人丰富的吉卜赛词语作比较）之外，在这个国家里没有黑话。我们没有方言，尽管有方言研究所。这些机构的存在，就是为了谴责人们不断创造的黑话词语。人们基于埃尔南德斯的作品，创造过高乔式话语；基于一个与市长们共事过的小丑说的话，创造过意大利式话语；基于四年级学生们的用语，创造过音节倒置话语；我们现在和将来都要感谢这些财富。

同样错误的是所谓"布宜诺斯艾利斯语言中的严重问题"。我去过加泰罗尼亚，去过阿利坎特，去过安达卢西亚，去过卡斯蒂利亚，我在法德摩萨生活过两年，在马德里住过一年，对这些地方均有非常愉快的回忆；我从未观察到西班牙人话说得比我们好（话说得比我们响，这不假，还带着那种不知疑问为何物的人的镇定）。卡斯特罗博士说我们使用过时了的词语。他的方法奇特；他发现奥伦塞省圣马梅德·德·普加最有文化的人忘记了某个词的某个释义；于是立刻得出结论，说我们阿根廷人应该都忘记了……事实是，西班牙语有几个缺点（元音单调地占主要地位、词汇替代过多、复合词组合能力差），但没有它的愚蠢的仇人们所攻击的缺点：难。西班牙语非常容易。只有西班牙人认为难；也许是因为加泰罗尼亚语、阿斯图里亚斯语、马略卡语、加利西亚语、巴斯克语和巴伦西亚语的魅力使他们感到惶惑；也许是因为虚荣心使他们出错；也许是因为嘴笨。（他们分不清宾格和与格，把 lo mató 说成 le mató，经常发不清 Atlántico 或者 Madrid，并且认为一本书可以用一个这样不像样的题目：《拉普拉塔地区的语言特点及其历史意义》。）

卡斯特罗博士在此书的每一页上都塞满了因袭主义的迷信。他藐视洛佩·德·维加而敬重里卡多·罗哈斯；排斥探戈而对哈卡拉舞情有独钟；认为罗萨斯是"城市游击队"的精神领袖，是拉米雷兹或阿蒂加斯式的人物，因而可笑地把他称作"最大的半人半马怪"（格鲁萨克宁可用更好的文笔和更清晰的判断说他是"后方的民兵")。他禁用——我明白他完全有理——cachada[1] 一词，可是却容忍 tomadura de pelo[2]，事实上后者并非明显地更合逻辑，也并非更迷人。他攻击美洲惯用语，因为他更喜欢西班牙惯用语。他不喜欢我们说 de arriba：他要我们说 de gorra……这位"布宜诺斯艾利斯的语言事实"的考察者，一本正经地记下了布市人把虾称作 acridio；这位读过卡洛斯·德·拉布亚和《鳄鱼》的不可思议的读者，向我们透露，在阿雷瓦雷罗方言中，taita 是"父亲"的意思。

在这本书中，形式倒不违背内容。有时使用商业文体："墨西哥的图书馆拥有高质量的书籍"（第四十九页）；"严厉的海关……规定了极高的关税"（第五十二页）。有时，在连续的平庸思想中，不乏生动的胡言："于是产生了唯一的可能：暴君，他凝聚了民众毫无方向的能量，但却无法把它引入正道，因为他不是领路人而是庞大的镇压团，一架机械地、野蛮地把走散的羊群赶入羊圈的巨大的矫形机器"

---

[1] 拉丁美洲西班牙语俚语，玩笑。
[2] 西班牙语俚语，捉弄。

（第七十一、七十二页）。有时，这位巴卡雷萨的调查者也想说句公道话："由于同样的原因，阿马多·阿隆索和恩里克斯·乌雷尼亚编的绝妙的语法书也无法自圆其说。"（第三十一页）

《最后的理性》里那些好说大话的人爱用马术作比喻；而我们的卡斯特罗博士精于捉错，他把无线电技术跟足球相结合："拉普拉塔地区的思想和艺术，是针对世界上意味着价值和勇气的一切东西宝贵的天线，这种强烈的接收姿态，如果所针对的目标不违背有利信号的方向，就会立即变成一种创造力。诗歌、小说和散文都在那里进过不止一个好'球'。科学和哲学思想在其耕耘者们中间拥有非常杰出的名人。"（第九页）

在错误和浅薄的渊博中，卡斯特罗还添加了对押韵散文和恐怖主义不倦的恭维。

后记

　　在第一百三十六页上我读到："认真地、不开玩笑地豁出去像阿斯卡苏比、坎波或埃尔南德斯那样写作，是要三思的事情。"我抄录了《马丁·菲耶罗》的最后几节：

克鲁斯和菲耶罗，

偷偷把马群驱赶。

像土生白人般老练，

让牲口走在前面，

很快就过了边境，

神不知鬼也未见。

两人刚跨过边境，

已是明亮的清晨，

克鲁斯提醒朋友，

看一眼身后的村庄，

就只见两行热泪

在朋友脸上滚落。

沿着预定的方向，
钻进茫茫的荒原。
一路有敌人追逼，
此去生死无音讯，
我盼望着有一天，
能传来确切消息。

新闻就唱这一些，
我的故事刚完结，
唱的都是真事情，
桩桩件件伤人心，
苦难和不幸编成，
每个草原高乔人。

祈求上帝寄希望，
天主使你更坚强。
现在我要告辞了，
我讲故事就这样。

不幸事儿人人有，

只是没人把它讲。

　　我要"认真地、不开玩笑地"问一句：究竟是谁在说方言？是我抄录的流畅的诗句的作者呢，还是那位创造了圈羊群的矫形机器、踢足球文体和不能自圆其说的语法的，前言不搭后语的写作者？

　　在第一百二十二页上，卡斯特罗博士列举了一些文体正确的作家。尽管名单上有我的名字，我不认为这样我就完全不能谈论文体问题了。

黄锦炎　译

我们可怜的个人主义

爱国主义的幻想是不着边际的。公元一世纪时，普鲁塔克[1]就嘲笑过那些声称雅典的月亮比科林斯的圆的人；十七世纪的弥尔顿曾说上帝有首先启示他的英国人的习惯；十九世纪初，费希特[2]宣布说有个性的人和德国人显然是一回事。在我们这里，国家主义者大有人在；据他们自己说，他们应予重视、无可非议的动机是弘扬阿根廷人的优秀品质。但是他们很不了解阿根廷人；论争时往往根据外在的事实，比如说，根据西班牙征服者、假想的天主教传统，或者"撒克逊帝国主义"替阿根廷人下定义。

和美国人以及几乎所有的欧洲人不同的是，阿根廷人不与国家结合。造成这种现象的原因一是这个国家的历届政府难孚众望，二是对一般人说来，国家只是一个不可理解的抽象概念[3]；可以肯定的是，阿根廷人是个别的人，不是公民。黑格尔所说"国家是道德概念的现实"之类的名言，在阿根廷人心目中是个恶意的玩笑。好莱坞推出的影片一再宣扬这样的情节：主角（往往是新闻记者）先设法博得罪犯的友情，然后把他交给警方。阿根廷人却认为这个"英雄"是难以理解的坏蛋，因为对他们说来，友情高于一切，警方是黑社会势力。他们和堂吉诃德有同感："到了天国，有罪各自承当"，"正直的人不该充当惩罚别人的刽子手，这个行业和他们不沾边"。（《堂吉诃德》，第一部第二十二章）靡丽对称的西班牙风格以前不止一次地使我感到我们同西班牙有不可逾越的差别；堂吉诃德的这两句话使我认识到自己的错误，成了我们静谧隐秘的相似之处的象征。阿根廷文学中一个夜晚的故事深刻地证实了这一点；那个月黑风高的夜晚，一个乡

1　Plutarchus（约46—120），古希腊传记家、柏拉图派哲学家。

2　Johann Fichte（1762—1814），德国哲学家。

3　国家是没有个性的，而阿根廷人只有个人关系的概念。因此，阿根廷人并不认为盗用公款是犯罪行为。我只是说明事实，绝无为其辩护或开脱之意。
　　——原注

间警察局的巡官喊道，他绝不允许杀死一个勇敢之人的罪行发生，便反戈一击，站在逃兵马丁·菲耶罗一边，同士兵们打了起来。[1]

在欧洲人眼里，世界就是个宇宙，万物在其中各得其所，各司其职；在阿根廷人眼里，世界是一片混乱。欧洲人和美国人认为不管得什么奖的书必定是本好书；阿根廷人认为尽管得了奖，那本书也只可能不坏。一般说来，阿根廷人不相信形势。他们也许没有听说过有关跛子伍夫尼克们的寓言：人类始终有三十六个正直的人，他们互不认识，但共同秘密地支撑着世界。即便听说，阿根廷人也不会为这些默默无闻的好人感到惊奇……他们崇拜的英雄是单枪匹马斗争的人，无论是过去（堂塞贡多·松勃拉）、现在（菲耶罗、莫雷拉、"黑蚂蚁"）或将来。别国的文学却没有类似情况。我们不妨以两位著名的作家为例：吉卜林和弗兰茨·卡夫卡。乍看起来，两人没有丝毫共同之处，但是前者的主题是恢复秩序（《基姆》里的公路、《建桥者》里的桥梁、《普克山的帕

1　参阅博尔赫斯小说《塔德奥·伊西多罗·克鲁斯小传》。

51

克》里的罗马城墙）；后者的主题是在宇宙秩序中没有立锥之地的人的难以忍受的孤寂悲惨。

人们会说，我指出的特点只是消极的、无政府主义的；还会说，这些特点不足以作出政治解释。我斗胆提出相反的看法。我们的时代最迫切的问题，（几乎已被遗忘的斯宾塞早已用清醒的预言加以揭发）是国家逐渐干预个人的行为；是与那个名叫纳粹主义的弊病作斗争，阿根廷的个人主义到目前为止或许是无用或有害的，但终将得到辩护，负起责任。

我企盼出现一个和阿根廷人的特质更加亲和的党派，一个向我们保证把政府职能压到最低限度的党派，当然这种希望是不可能实现的。

国家主义想使我们陶醉在一幅管得无限宽的国家的图画里；那种乌托邦一旦在地球上实现，将不可抗拒地促使所有的人向往它的反面，并且最终必将成功。

王永年　译

克 维 多

  诚如其他历史，文学的历史充满着种种疑团。但是还没有一件事比克维多偶尔获得的那份奇妙而又失之片面的荣耀更能触动我。在世界名人录中没有他。我曾多次想调查一下这一奇特的遗漏的原由：有一次，在一次已经记不起的会议上，我曾以为找到了原因，就是他那些措辞生硬的文章不能激发，甚至不能容许最小的感情宣泄（乔治·穆尔说过，"能煽情才能有成就"）。我常说，一个作家要获得荣誉，不必表现得多愁善感，但他的作品或者生平中某种际遇必须能感动人。克维多的生平也好，艺术也好，我想，不能引起那种柔情的夸张，而这种夸张的重复就是荣耀……

  不知道这种解释是否正确，我现在还要补充下面的解释：

实际上，克维多比谁都不差，就是没有找到一种抓住人们的想象力的象征。荷马有普里阿摩斯[1]，他亲吻了阿喀琉斯杀人的双手；索福克勒斯有一位会解谜的国王，而天意将解开他的命运的恐怖；卢克莱修有一个无限的星体之渊和原子的冲突；但丁有九层地狱和天堂的玫瑰；莎士比亚有暴力和音乐的世界；塞万提斯有桑丘和堂吉诃德风风雨雨的游历；斯威夫特有善良的马和野蛮的人形兽的共和国；梅尔维尔有白鲸的恨和爱；卡夫卡有层出不穷的肮脏的迷宫。没有一个世界闻名的作家不曾铸造一个象征物；需要提一下，这象征物不一定是客体的、外界的。比如说，贡戈拉·伊·阿尔戈特或梅里美，他们是作为孜孜不倦地创作一部秘密的作品的那种作家而著称的，惠特曼是作为《草叶集》的神化的主人公而留名文坛的，相反，关于克维多却只留下了一个漫画式的形象。莱奥波尔多·卢贡内斯说他是"从一位高贵的西班牙语文体学家转变成典型滑稽故事作家"（《耶稣会帝国》，一九〇四年，第五十九页）。

1　Priamus，特洛伊战争时期的特洛伊国王，赫克托耳和帕里斯之父。

查尔斯·兰姆说埃德蒙·斯宾塞是诗人中的诗人，对克维多，我们不能不说他是文学家中的文学家。要欣赏克维多，必须得是现在的或潜在的文学家；反言之，没有一个具有文学才能的人会不欣赏克维多。

克维多的伟大是语言上的。说他是哲学家、神学家或者（像奥雷利亚诺·费尔南德斯-格拉[1]称他为）国务活动家，都是错误的。他的作品的标题可能允许这么说，但内容不是。在他的专著《上帝的神意，为拒神者痛心，为信神者庆幸：从害约伯的小人及其迫害研究出的学说》中，恐吓多于说理。他像西塞罗（《论神性》，第二卷第四十至四十四节）一样，通过具体观察到的次序，通过"广袤的星光共和国"，来证明神祇的次序。谈完与宇宙论观点大相径庭的星体说后，他补充道："绝对否定上帝存在的人是少数；我要让那些不敬神的人曝曝光，他们是：德谟克利特的门生米洛斯的迪亚戈拉斯和阿夫季拉的普罗泰格拉、西奥多罗斯（绰号"无神论者"）以及下流而愚蠢的西奥多罗斯的门生——博里斯塞讷斯的比

---

1 Aureliano Fernández-Guerra（1816—1894），西班牙著名学者。

翁[1]。"这完全是恐怖主义行径了。在哲学史上,有些学说可能是错误的,却对人们的想象力产生一种阴暗的魅惑;例如,柏拉图和毕达哥拉斯关于灵魂在许多人身上转移的学说,诺斯替教派关于世界是由一个怀有敌意或发育不全的上帝创造的学说。克维多只是个研究真理的学者,他不会受那种魅惑的影响。他写道,灵魂转移是"兽类的蠢话"和"畜生的狂言"。恩培多克勒说过:"我曾是一个孩子、一个姑娘、一簇灌木、一只小鸟和一条露出海面的无声的鱼。"克维多批注说(《上帝的旨意》):"这位愚不可及的恩培多克勒滥用职权,既当律师又当立法人,居然发现自己曾是鱼,身居如此对立和敌意的自然中一言不发,却变成埃特纳[2]的蝴蝶死去,眼望着曾是他的故乡的大海,却扑向了火堆。"对于诺斯替教派的成员们,克维多称他们为无耻之徒、该死的坏蛋、疯子、胡言乱语的编造者(《冥王的猪栏》的结尾部分)。

他的《上帝的政治和吾主基督的政府》,据奥雷利亚诺·费尔南德斯-格拉说,应当被看作是一套最正确、高贵

1　Bion of Borysthenes(前325—前250),古希腊田园诗人。
2　意大利西西里岛东岸活火山。

和合适完整的政府体系。只要想一想那本书的第四十七章建立在这样怪异的前提之上，即基督（就是有名的"犹太人之王"）的行为和语言是秘密的符号，政治家必须在这些符号的指引下解决他的问题，就足以评判这一见解的价值了。

克维多笃信这套神秘哲学，他从撒马利亚传说中，摘抄出国王征收的赋税要轻；从《面包和鱼的奇迹》中，引申出诸王必须救贫济困；从宫廷侍众的礼节规则中，推论出"国王应领导大臣们，而不是大臣左右国王"……他论证方法的随意性和结论的平庸令人吃惊。可是，克维多却用语言的庄重掩盖或者几乎掩盖了这一切[1]，不经意的读者还以为读了那部作品深受教益。文辞不一的情况在《马尔科·布鲁托的一生》中也可以看到，书中的思想不值得记住，但语句却让人过目难忘，克维多令人敬畏的文章风格在那篇专著中达到了完美的境界。在他那碑文式的篇章中，

1　雷耶斯曾正确地评论说："克维多的政治著作没有对政治价值提出什么新的解释，只是具备修辞价值……或者是应时的宣传手册、学术性的宣言。《上帝的政治》，尽管看起来抱负很高，但不过是对庸碌大臣们的辩护词。然而，在这些篇章中，还是可以看到克维多的某些特色。"（《西班牙文学的篇章》，1939，第133页）——原注

西班牙语仿佛又回复成塞内加、塔西佗、卢坎时代的艰深的拉丁语，回复成白银时代的折磨人的难懂的拉丁语。刻意的简洁、倒装句式、近乎代数式的严谨、词语的对仗、枯燥乏味、用语的重复，使文章具有感人的精确性，许多语句使人觉得或者说要求人认为是无懈可击的。比如我抄录的这段话："有人用月桂树叶装点光荣的前额，以凯旋的欢呼报答伟大而骄人的战绩；有人为了竖立一尊雕像而不惜众多的近乎神灵的生命，但是要保持月桂树的枝叶、大理石雕像和欢呼声不至于从那高贵的特权的位置上跌落，靠的却不是强求而是功勋。"克维多使用的其他风格也相当成功：如《骗子》[1] 明显的口语风格,《众生的时刻》放荡不羁（但并非不合逻辑）的风格。

切斯特顿（《乔·弗·瓦茨》，一九〇四年，第九十一页）认为："语言不是科学的东西，而是艺术的东西，武士们和狩猎者创造了语言，这比科学要早得多。"克维多从来不这样认为，对他来说，语言主要是逻辑的工具。诗歌的平庸或永

1　即《流浪汉的榜样，无赖们的借鉴，骗子堂巴勃罗的生平》。

恒——把水比作水晶，把手比作白雪，眼睛如星星般闪光，星星像眼睛一样窥视——使他看了不舒服，因为太容易了，更因为虚伪。当他谴责这些时，他忘了比喻只是两个形象暂时的结合，而不是把两样东西完全等同起来……他还憎恶习语。为了把习语拿出来"示众"，他用习语拼凑了一首题为《故事的故事》的叙事诗；然而，几代人却为之入迷，他们宁愿把这部荒谬之作看成一个精品博览会，巧妙地利用它从遗忘中拯救出 zurriburi（乌合之众）、abarrisco（黑咕隆咚）、cochite heruite（莽莽撞撞）、quítame allá esas pajas（为鸡毛蒜皮的小事）、a trochi-moche（胡来一通）等习语。

克维多不止一次地被比作萨莫萨塔的卢奇安[1]。两者有一个根本区别：卢奇安在公元二世纪抨击奥林匹斯诸神之日进行写作，是宗教论战；克维多在公元十六世纪重操干戈，却只限于对文学传统的观察。

简略地审视了他的散文后，我要讨论一下同样多样化的他的诗歌。

---

1 Luciano de Samósata（约120—180），一译琉善，古希腊修辞学家、讽刺作家。

作为抒发激情的作品，克维多的爱情诗歌是不能令人满意的；但作为玩弄夸张的游戏，作为着意效仿彼特拉克风格的练习，它们却常常令人钦佩。克维多是个有强烈欲望的人，但他从未停止过对斯多葛派禁欲主义的向往，大概还觉得依赖女人是不明智的（"那是个精灵鬼，对于爱抚，他只是利用并不信以为真"）；这些原因已足以说明，何以在他的诗歌集中（《缪斯》之四）"歌颂爱情和美貌的业绩"那段如此虚情假意。克维多个人的声音体现在其他诗篇中；在那些诗篇中，他说出了他的忧郁、他的勇气或他的失望。例如，在从托雷德华纳瓦德寄给堂何塞·德·萨拉斯的这首十四行诗中（《缪斯》之二，第一百零九首），他写道：

　　　　隐居于这片宁静的荒原，
　　　　以不多但精深的书籍为伴，
　　　　生活就是与亡灵们交谈，
　　　　用目光倾听故人的叹息。

　　　　尽管不甚了了，但始终是

彼此坦诚相见或从中有所裨益，

在音乐声中，那喑哑的旋律

人生的梦境诠释得十分清醒。

伟大的灵魂谢世留下缺憾，

报复着多年所受的责难，

啊，伟大的约瑟夫，博学的印刷业。

岁月如流水一去不复返，

千秋功过有最好的清算，

教训和研究使人们完善。

前面这首诗不乏格言派的痕迹（"用目光倾听"，"人生的梦境诠释得十分清醒"），但这首十四行诗的功效不在这些痕迹之中，而在于痕迹之外的内容，我并不是说这是实际的写照，因为实际是写不了的，但我要说他的语言不如它们描绘的景象或者说话人那具有男子气的语气重要。情况并不总是如此；在这一卷最著名的一首十四行诗——《死于狱中的奥苏纳公爵堂佩德罗·特列斯·希隆永垂不朽》——中。

> 弗兰德的原野是他的坟茔，
>
> 血红的月亮是他的墓志铭。

这两句对句的光彩胜过一切注解，也不需要加注。我这话也适用于下面一句话：军人之泪；意思不难理解，但却平淡无奇：军人们的眼泪。至于血红的月亮，最好还是不要看作土耳其人的象征，因为这将由于堂佩德罗·特列斯·希隆的什么强盗行径而被搞得黯然失色。

还有不少地方，克维多的出发点是某篇经典文章，像这句难忘的诗句（《缪斯》之四，第三十一首）：

> 那将是仆仆红尘，却更是浓情金粉。

那是借用了普洛佩提乌斯[1]（《哀歌》，第一卷第十九首）

1　Propertius（约前 48—约前 15），拉丁语哀歌诗人。

的一句诗，经过了加工，或者拔高。

　　　　犹如此粉黛，中含吾爱意。

　　克维多的诗作涉及内容很广，包括沉思的十四行诗，在某种意义上还早于华兹华斯；有晦涩而佶屈聱牙的严峻[1]，唐突的神学家的魔幻（"与十二人晚餐：我就是那晚餐"），穿插

1　门槛连同门扇颤抖战兢，
　　那是黑色和阴暗的庄严，
　　冰冷苍白的亡灵的身影，
　　被绝望僵硬的法则压迫。
　　三个喉咙敞开狂吠乱叫，
　　面对着新生纯洁的圣光，
　　三头犬沉默，但猛然间，
　　黑暗人群发出深深叹息。

　　大地躺在脚底哀鸣呻吟，
　　白骨灰烬垒起荒山野岭，
　　不值一看是苍天的眼睛，
　　蜡黄的脸色使原野失明，
　　虚荣的王国嘶哑的狗们，
　　增添着恐惧更使人伤心。
　　阵阵的哀歌夹杂着吠声，
　　干扰着听觉，打破了宁静。
　　　　（《缪斯》之九）——原注

63

的贡戈拉体的诗句是为了证明他也能玩这种文字游戏[1]：意大利式的文雅和甜美（"卑微的棕色和有声的孤独"）；佩尔西乌斯、塞内加、尤维纳利斯、《圣经》、贝莱[2]的变体；简写的拉丁文，低级庸俗的作品[3]，手法怪异的嘲讽[4]，毁灭和混沌的阴暗的浮夸。

克维多的最佳作品超越了产生作品的灵感，超越了丰富其作品的通常概念。他的作品不是隐晦的，与梅里美、叶芝、

1　一头畜生生来为了干活
　　凡人眼里勤劳的象征，
　　打扮成朱庇特，穿起衣裳；
　　时间使真实的手腕变硬，
　　百官簇拥在他身后哼哼，
　　他吃的是光，住的是天庭。
　　　　　　　　《缪斯》之二）——原注
2　Joachim du Bellay（1522—1560），法国诗人、散文家、七星诗社成员。
3　门德斯尖叫着来临，
　　浑身的油汗湿淋淋，
　　汗水淌过他的双肩，
　　虱子叮着他像荡绳。
　　　　　　　　《缪斯》之五）——原注
4　那个法维奥唱着歌，
　　来到阳台和窗棂前，
　　尽管已经把他忘记，
　　阿敏达只说想不起。
　　　　　　　　《缪斯》之六）——原注

格奥尔格的作品不一样，它们避免了混乱和偏离主题。（可以这么说吧）它们是口语的东西，纯洁而独立如一把剑或者如一枚银戒指。举下诗为例：

厌倦了藏着提尔毒液的长袍，

在苍白和生硬的黄金之中，

用东方的奇珍异宝遮掩裹蒙，

啊，卢卡斯！那孜孜不倦的折磨。

你遭受一场美妙的谵妄，

当那如此罪恶的幸福，

辉煌中阴暗的恐惧在骗你，

那是玫瑰色的霞光中的毒蛇，百合花丛中的蛆虫。

用你的宫殿跟木星比美，

把黄金当作星星去骗人，

住在里面却不知你将死去。

在荣耀中，你主宰的一切，

在明察秋毫者的眼里，你

只是卑劣、恶心和粪土。

克维多的肉体已经谢世三百年了，但他仍然是西班牙语
文学最早的缔造者，弗朗西斯科·德·克维多像乔伊斯、像
歌德、像莎士比亚、像但丁、像任何别的作家，与其说他是
一个人，不如说他是一部长长的、复杂的文学作品。

黄锦炎 译　郑纪棠 校

吉诃德的部分魔术

这些意见以前已经谈过，也许不止一次，没有什么新奇之处，不过我更感兴趣的是探讨它们可能的真实性。

同别的古典作品相比（《伊利亚特》、《埃涅阿斯纪》、《法沙利亚》[1]、但丁的《神曲》、莎士比亚的悲剧和喜剧），《堂吉诃德》是现实主义的；但是它的现实主义和十九世纪的现实主义有本质上的不同。约瑟夫·康拉德[2]说自己在作品中摒弃了超自然的东西，因为承认它就像是承认日常的事物没有奇妙之处：我不知道米盖尔·德·塞万提斯是否也有那种直觉，但知道吉诃德这个人物使他把一个平凡真实的世界同一个诗意的想象的世界加以对照。康拉德和亨利·詹姆斯把现实生活写成小说，因为他们认为现实生活富有诗意；

塞万提斯却认为现实和诗意是互相矛盾的。他把卡斯蒂利亚尘土飞扬的道路和肮脏的客栈同阿玛迪斯时代的茫茫大地对立起来；我们不妨设想一位当代小说家戏谑地刻意描写汽车加油站的效果。塞万提斯为我们创造了十七世纪的西班牙诗歌，但自己并不觉得那个世纪和当时的西班牙有什么诗意；乌纳穆诺[3]、阿索林[4]，或者安东尼奥·马查多[5]之类的作家一提到《堂吉诃德》就激动不已，塞万提斯如果知道这种情形，肯定会大惑不解的。他作品的提纲里不允许有神奇的东西，于是他像模仿侦探小说那样，不得不转弯抹角地叙述和描绘。塞万提斯不能采用魔法巫术的情节，但他用微妙的方式暗示超自然的情况，因而更为成功。塞万提斯内心里是喜爱超自然的东西的。保罗·格鲁萨克在一九二四年指出："塞

1　古罗马诗人卢坎（39—65）的史诗，共十卷，未完稿，描写公元前49至前47年恺撒与庞培之间的内战。

2　Joseph Conrad（1857—1924），英国小说家，代表作有《水仙号上的黑家伙》、《黑暗的心》等。

3　Miguel de Unamon（1864—1936），西班牙作家、哲学家，他认为《堂吉诃德》写了"人的灵魂"。

4　Azorín（1874—1967），西班牙小说家、评论家，著有《堂吉诃德之路》。

5　Antonio Machado（1875—1939），西班牙诗人。

万提斯粗通拉丁文和意大利文，他的文学修养主要来自俘虏囚禁期间阅读的田园小说、骑侠小说和娓娓动人的神话。"《堂吉诃德》与其说是这类虚构作品的解毒剂，不如说是对它们依依不舍的私下告别。

在现实生活中，每部小说都是一幅理想的图景；塞万提斯乐于混淆客观和主观，混淆读者的世界和书的天地。在讨论理发师刮胡子用的铜钵是不是头盔、驮鞍是不是华丽的宝鞍时，他所用的语言直截了当；在别的地方，我已经指出，却用暗示的手法。在第一部第六章，神父和理发师检查堂吉诃德的藏书；令人惊异的是其中有一本塞万提斯写的《伽拉泰亚》[1]，而理发师竟然是和作者有深交的老友，对他并不十分佩服，认为他与其说多才，不如说多灾，这本书里有些新奇的想象，开头不错，结局还悬着。理发师是塞万提斯的想象，或者想象的产物，竟然评论起塞万提斯来了……同样令人惊奇的是，第九章开头说《堂吉诃德》这部小说整个是从阿拉伯文翻译过来的，塞万提斯在托莱多的市场上买到手

1　塞万提斯早年写的牧歌体传奇，第一部于 1585 年出版，这部传奇始终没有写完。

稿，雇了一个摩尔人翻译，他把摩尔人请到家里，住了一个半月全部译完。我们想到卡莱尔，他曾假托《拼凑的裁缝》是德国出版的第欧根尼·丢弗斯德罗克博士作品的节译本；我们想到卡斯蒂利亚犹太教博士莱昂的摩西，他写了《光辉之书》，发表时假托是三世纪一位巴勒斯坦犹太教博士的作品。

古怪而含混不清的游戏在第二部里达到了顶点；书中的主人公看过了第一部，《堂吉诃德》的主人公成了《堂吉诃德》的读者。我们不由得想起了莎士比亚，他在《哈姆雷特》的舞台上演出了另一场戏，一出多少和《哈姆雷特》相似的悲剧；但戏中之戏与主要作品之间不完美的对应，多少减弱了混杂的效果。另有一部作品手法同塞万提斯的相似，但更令人惊异，那就是跋弥写的描写罗摩的功绩并同妖魔作战的史诗《罗摩衍那》[1]。史诗的末篇写罗摩的两个儿子不知生父是

---

1 蜚声世界的印度两大史诗之一（另一部是《摩诃婆罗多》），罗摩是印度古代一个传说中的人物，后来在人民群众之中逐渐被神化。《罗摩衍那》最初只是口头流传，成书约在公元前3至4世纪，历时500多年，最后在公元2世纪写定，对全书进行加工的作者传说是跋弥（Valmiki），意为"蚁垤"。

谁，栖身森林，一个苦行僧教他们读书识字。奇怪的是那位老师就是跋弥；他们读的书则是《罗摩衍那》。后来罗摩宰马设宴；跋弥带了门徒前来。他们用琵琶伴奏，演唱了《罗摩衍那》。罗摩听了自己的故事，认了自己的儿子，然后酬谢了诗人……《一千零一夜》中也有相似之处。这个怪异故事的集子从一个中心故事衍生出许多偶然的小故事，枝叶纷披，使人眼花缭乱，但不是逐渐深入、层次分明，原应深刻的效果像波斯地毯一样成为浮光掠影。集子开始的故事众所周知：国王狠毒地发誓每夜娶一个童女，翌晨砍掉她的脑袋，山鲁佐德决心自荐，每晚讲故事给国王消遣，一直到第一千零一夜，给国王看了他亲生的儿子。出于凑足一千零一篇数的需要，誊写员不得不插进各种各样的内容。最令人困惑的是那个神奇的第六百零二夜的穿插。那夜，国王从王后嘴里听到她自己的故事。他听到那个包括所有故事的总故事的开头，也不可思议地听到故事的本身。读者是否已经清楚地觉察到这一穿插的无穷无尽的可能性和奇怪的危险？王后不断讲下去，静止的国王将永远听那周而复始、没完没了、不完整的《一千零一夜》的故事……哲学的创意并不比艺术的创意平淡无奇：乔赛亚·罗伊斯[1]在《世界与个人》的第一卷里提出如下的论点："设想英国有一块土地经过精心平整，由一名地图绘制员在上面画了一幅英国地图。地图画得十全十美，再小的细节都丝毫不差；一草一木在地图上都有对应表现。既然如此，那幅地图应该包含地图中的地图，而第二幅地图应该包含图中之图的地图，以此类推，直至无限。"

图中之图和《一千零一夜》书中的一千零一夜为什么使我们感到不安？堂吉诃德成为《堂吉诃德》的读者，哈姆雷特成为《哈姆雷特》的观众，为什么使我们感到不安？我认为我已经找到了答案：如果虚构作品中的人物能成为读者或观众，反过来说，作为读者或观众的我们就有可能成为虚构的人物。卡莱尔在一八三三年写道：世界历史是一部无限的神圣的书，所有的人写下这部历史，阅读它，并且试图理解它，同时它也写了所有的人。

王永年 译

1　Josiah Royce（1855—1916），美国哲学家。

纳撒尼尔·霍桑[*]

在讲美洲文学史之前，我先谈谈一段隐喻的历史；说得更确切一些，是举几个隐喻的例子。我不知道隐喻是谁发明的；认为隐喻可以发明也许是个错误。在两个形象之间建立密切联系的真正隐喻古已有之；我们还能发明的是假的，根本不值得发明。我说的隐喻是把梦比作戏台上的演出。十七世纪时，克维多在《死之梦》¹的开场白里已经提出；路易斯·德·贡戈拉·伊·阿尔戈特²在《变化的想象》那首十四行诗里也提过，他是这么写的：

> 梦是戏剧的演出人，
>
> 在他架设于风的舞台上，

他往往穿着美丽的黑影。

十八世纪时，艾迪生[3]说得更明确："在梦中，灵魂是剧场、演员和观众。"更早以前，波斯人欧玛尔·海亚姆[4]写道，世界历史是泛神论者信奉的诸神为了排遣永恒的时光而编排、演出和观看的戏；很久以后，瑞士人荣格在他美妙而精到的著作中把文学创作和梦中遐想、把文学和梦等同起来。

如果文学是个梦，一个经过引导和斟酌但本质不变的梦，那么贡戈拉的诗句就恰如其分地可以充当这一讲美洲文学史的提要，我们拿梦想家霍桑的探讨作为开端。另有一些小有名气的美国作家——詹姆斯·费尼莫尔·库珀[5]，像是爱德华

---

* 本文是1949年3月在自由高等学院的一次讲演稿。——原注
1 克维多的讽刺小说，描写作者梦见最后审判的日子来临，死人纷纷从坟墓里起来，列队前去受审。作者以寓意深刻的象征手法对诸色人等作了淋漓尽致的讽刺。
2 Luis de Góngora y Argote（1561—1627），西班牙诗人，著名文学流派"贡戈拉主义"的创始者。贡戈拉主义在诗歌中的表现是大量引用拉丁语汇和神话典故，用词怪僻，晦涩难懂，亦称"夸饰主义"；在散文中的表现是使用抽象的、模棱两可的、难以理解的概念表达作者的思想，亦称"概念主义"。
3 Joseph Addison（1672—1719），英国文学评论家。
4 Umar Khayyam（1048—1122），波斯诗人、哲学家、天文学家。
5 James Fenimore Cooper（1789—1851），美国作家，代表作有系列长篇小说《皮护腿故事集》。

多·古铁雷斯,但相去甚远;华盛顿·欧文[1],有趣的西班牙式文艺作品的策划者——不过我们可以无伤大雅地略而不谈。

霍桑于一八〇四年出生在港口城市塞勒姆。在当时的美国,塞勒姆有两个异乎寻常的特点:虽然贫困,它是个非常古老的城市,又是个没落的城市。在那个有《圣经》正统名字的古老没落的城市里[2],霍桑一直住到一八三六年;那些不如意的居民、逆境、疾病、偏执在霍桑心中引起对这座城市的辛酸的爱;说他基本上从来没有离开过塞勒姆并非胡扯。五十年后,即使身在伦敦或罗马,他的心还在塞勒姆那座有清教徒风气的小城;比如说,到了十九世纪中叶他还反对雕塑家们在那里竖立裸体塑像⋯⋯

他的父亲,纳撒尼尔·霍桑船长,于一八〇八年因黄热病死于东印度群岛苏里南;他的一个祖辈,约翰·霍桑,是一六九二年审理驱巫案的法官,结果十九名妇女,包括一个名叫蒂图巴的女奴,被判处绞刑。在那次异常的审理中(现

---

1 Washington Irving(1783—1859),美国作家,美国文学奠基人之一,著有《纽约外史》、《见闻札记》等。

2 Salem 即撒冷。撒冷是耶路撒冷的古称,见《圣经·旧约·创世记》第 14 章第 18 节。

代的狂热采取了别的形式），霍桑法官的作为是严厉的，并且无疑也是认真的。"他在牺牲女巫的那件事上表现得如此突出，"我们的纳撒尼尔写道，"以致人们很自然地会想到那些不幸的妇女的血在他身上留下一个污点。那个污点太深了，他在宪章街公墓里的老骨头如果没有变成灰的话，一定还没有泯灭。"在这段形象生动的话之后，霍桑又说："我不知道我的先辈们有没有后悔，有没有祈求上帝慈悲；我现在替他们这么做，如果有任何诅咒落到我的家族，我请求从今天开始不要得到宽恕。"霍桑船长死后，他的遗孀，纳撒尼尔的母亲，在自己二楼的卧室里闭门不出。两姊妹，路易莎和伊丽莎白的卧室也在二楼；最后一个房间是纳撒尼尔的。这几个人不在一起吃饭，相互之间几乎不说话；他们的饭被搁在托盘上，放在走廊里。纳撒尼尔整天在屋里写鬼怪故事，傍晚时分才出来散散步。这种蛰居的生活方式持续了十二年之久。一八三七年，他写信给朗费罗[1]说："我足不出户，主观上一点不想这么做，也从未料到自己身上会出现这种情况。我成

1　Henry Wadsworth Longfellow（1807—1882），美国诗人，与霍桑是博多因学院同学。

了囚徒，自己关在牢房里，现在找不到钥匙了，尽管门开着，我几乎怕出去。"霍桑身材瘦长，眉清目秀，皮肤黝黑。他像水手似的走路摇摆。当时没有儿童读物（毫无疑问，对小孩倒是一件好事）；霍桑六岁时就看了《天路历程》；他自己花钱买的第一本书是《仙后》；两本都是寓言作品。传记作家虽然没有提，他也读过《圣经》；也许就是霍桑家的第一代，威尔顿的威廉·霍桑在一六三〇年同剑一起从英国带来的那本。我刚才说了寓言作品；以霍桑的著作来说，这个词很重要，但也许是轻率冒失的。众所周知，埃德加·爱伦·坡曾指责霍桑使用寓言手法，认为那种手法和体裁站不住脚。我们有两件事要做：一是调查寓言手法是不是真的一无可取；二是调查霍桑有没有采用这种体裁。据我所知，对寓言抨击最激烈的是克罗齐，维护最坚决的是切斯特顿。克罗齐批评寓言，说它是令人厌烦的同义叠用，是无用的重复游戏，比如说，它先向我们展示但丁由维吉尔和贝雅特丽齐引导，然后向我们解释，但丁是灵魂，维吉尔是哲学、理性，或者自然的光明，贝雅特丽齐则是神学或天恩。按照克罗齐的论点（例子并非他的原文），但丁先是这么想的："理性和信仰能拯救灵魂"或者"哲学和神学能引导我们到天国",然后,每当他想到理性或哲学时,他就搬出维吉尔,每当想到神学或信仰时,就搬出贝雅特丽齐,结果成了面具之类的东西。按照那种轻蔑的解释,寓言将成为猜测,比一般的猜测更空泛、缓慢、别扭得多。它将是一种粗俗幼稚的体裁,背离美学原则。克罗齐是一九〇七年作出这一批评的;他并不知道切斯特顿早在一九〇四年已经对这个观点加以驳斥。文学是何等广泛而互不通气!切斯特顿的有关论点包含在一篇评论画家瓦茨[1]的专题文章里。瓦茨是十九世纪末英国卓越的画家,像霍桑一样,也被批评有寓言倾向。切斯特顿承认瓦茨画过寓言画,但否认这种体裁有什么不妥。他认为现实生活是丰富多彩的,人类的艺术语言无法穷尽那个令人眼花缭乱的源泉。他写道:"人们知道在头脑中有远比秋天的树林更令人目不暇接、数不胜数、不可名状的色彩。但他们相信,这些色彩及其一切搭配和变化,都能用高低不同的声音的随意性机制确切地表达出来。他们相信,从一个证券经纪人的内心,确实可以发出

---

1 George Frederic Watts(1817—1904),英国画家。他的作品中也有寓言和象征题材,如《生命的幻觉》、《爱情与死亡》、《过眼烟云》等。

代表一切记忆的秘密和一切欲望的痛苦的声音……"切斯特顿接着推断说，难以捉摸的现实可以有与之对应的不同语言；其中包括寓意和寓言。

换一句话说，贝雅特丽齐并不是信仰的象征，并不是信仰一词的不自然而随心所欲的同义词；事实是，世界上有一件事物——一种特殊的感觉、一个隐秘的过程、一系列类同的状况——可以通过两个象征来表述：一是相当贫乏的信仰一词的语音；二是贝雅特丽齐，为了拯救但丁，从天国降趾来到地狱的光荣的贝雅特丽齐。我不知道切斯特顿的论点是否无懈可击；但我认为如果寓言不能轻易地简化为提纲，简化为冷漠地摆弄抽象概念，就会好得多。有些作家运用形象思维（比如说，莎士比亚、多恩、雨果），有些作家运用抽象思维（邦达[1]、伯特兰·罗素）；照说两者各有所长，但是当一个抽象思维的人，一个推理者，也想运用想象，或者以想象者的面貌出现时，克罗齐谴责的情况就会出现。我们注意到逻辑思维过程被作者加以乔装打扮，如华兹华斯所说，"是对

1　Julien Benda（1867—1956），法国学者、评论家、记者，著有《知识分子的背叛》等。

读者理解力的侮辱"。作为这一瑕疵的明显例子，我们不妨举出何塞·奥尔特加－加塞特，他睿智的思想受到艰难的、不得要领的隐喻的阻塞；霍桑也常有这种情况。再说，两个作家迥然不同。奥尔特加好歹能推理，但不能想象；霍桑是具有无尽的奇特想象力的人，但可以说不适于思考。我不是说他迟钝，而是说他像多数妇女一样用形象和直觉来思考，而不用辩证的方式。一个美学的错误损害了他：他要使他想象的每一件事都成为寓言，这种清教徒式的愿望促使他给想象加上道德说教，有时甚至加以歪曲和篡改。他记载写作心得的笔记本保存完好，一八三六年的一本中写道："有个人从十五岁到三十五岁让一条蛇待在他的肚子里，由他饲养，蛇使他遭到可怕的折磨。"这已经够了，但霍桑认为还必须补充："有可能是妒忌或者别的卑劣感情的象征。"另一个例子是在一八三八年的笔记本里："让奇怪、神秘、难以忍受的事发生吧，让它们毁掉一个人的幸福。那人怪罪于隐秘的仇人，但终于发现自己是罪魁祸首，是一切不幸的原因。道德、幸福掌握在我们自己手中。"同一年的笔记里还有一个例子："一个人清醒时对另一个人印象很好，对他完全放心，但却梦见那个朋友像死敌一般对待他，使他不安。最后，他发现梦中所见才是那人的真实面目。梦是有道理的。对真实的本能直觉也许可以说明问题。"然而，不寻找解释、不作道德说教、除了隐秘的恐怖之外没有其他背景的纯幻想，效果会好一些。一八三八年的一个例子："设想人群中有一个人，性命和前途完全由另一个人支配，仿佛两人是在沙漠里。"下面的例子和前一个大同小异，是霍桑五年之后记下的："一个意志坚强的人命令另一个在道义上有责任听从他的人做一件事。下命令的人先死了，另一个人至死一直在做那件事。"（我不明白霍桑怎么会写出这个提要；我不知道那件事是不是微不足道，稍稍有点可怕或怪异，或者有点侮辱性质。）下面这个例子的主题也是奴役，屈从于别人的意志："一个富人立下遗嘱，把他的房子赠送给一对贫穷的夫妇。这对夫妇搬了进去，发现房子里有一个阴森的仆人，而遗嘱规定不准将他解雇。仆人使他们的日子过不下去；最后才知道仆人就是把房子送给他们的那人。"我再举两个相当怪诞的例子，主题（皮兰德娄[1]和

---

1 Luigi Pirandello（1867—1936），意大利小说家、怪诞戏剧作家，1934 年诺贝尔文学奖获得者。

安德烈·纪德也使用过）是美学原则和日常生活、现实和艺术的巧合或展示。第一例是："两人在街上等待事件发生和当事人出现。事情已经发生，他们就是当事人。"另一例比较复杂："一个人写短篇小说，发现情节的展开违反了他的原意；主人公没有按照他的意图行事，他始料不及的事出现了，他企图避免的灾难性结局逐渐接近。那篇小说预先展示了他的遭遇，他就是主人公之一。"这些手法，幻想世界和真实世界（我们阅读时把它当作真实的世界）的短暂汇合，是现代的，或者在我们看来是现代的。它的古老的起源也许在《伊利亚特》里特洛伊的海伦编织壁毯的情节，海伦编织的画面正是特洛伊战争的战役和灾难。这一情节一定给了维吉尔深刻印象，因为他在《埃涅阿斯纪》里描述特洛伊战争的参加者埃涅阿斯来到迦太基港，看到一座寺庙的大理石浮雕记载了那次战争的场景，在众多战士的形象中也有他自己。霍桑喜欢这些幻想与真实的接触，它们是艺术的反映和复制；在我列举的提要里还可以注意到他的泛神论思想，即一个人也是别的人，是所有的人。

在那些提要中可以看到比复制和泛神论更重要的东西，

我要说的是对于一个想成为小说家的人是更为重要的东西。我们注意到霍桑的创作冲动，霍桑的出发点，一般是情节。是情节，而不是人物。霍桑首先想到，也许是不自觉地想到情节，然后寻找表现情节的人物。我不是小说家，但我觉得没有一个小说家会这么做。"我认为肖姆伯格是真实可信的"，约瑟夫·康拉德在谈他的小说《胜利》中最难忘的人物之一时写道，每一个小说家谈到他每一个人物时都可以问心无愧地这么说。《堂吉诃德》里冒险的构思并不巧妙，那些对照式的冗长的对话——我想作者大概称之为推论——犯了不可信的毛病，但无可置疑的是，塞万提斯很熟悉堂吉诃德，并且对这个人物信以为真。我们对小说家信以为真的事物的信念可以克服一切疏忽和欠缺。如果说作者设想的情节不是为了糊弄我们的善意，而是为了勾勒他笔下的人物，那么不可信的或者笨拙的情节又有何妨？如果我们相信哈姆雷特王子确有其人，那么假设的丹麦朝廷的幼稚丑闻和混乱罪恶又有什么关系？相反的是，霍桑首先设想好一个或者一系列情节，然后塑造他创作计划所要求的人物。那种方法有可能产生优秀的短篇小说，因为短篇小说短小精悍，情节比人物更易突显；但产生不了优秀的长篇小说，因为长篇小说的一般形式（如果有的话）只在最后才能看出来，一个塑造得不好的人物会牵连周围的人物，使他们都显得不真实。根据以上理由可以事先推断说霍桑的短篇小说胜过他的长篇。我是这么看的。有二十四章的《红字》不乏文笔优美流畅的段落，但是没有一处能比《故事新编》里韦克菲尔德的故事更使我激动。霍桑从报上看到，或者出于文学创作的原因推说从报上看到一个英国人的新闻，那人毫无理由地离开了妻子，在他家附近找个地方住下，隐姓埋名二十载，没有人发现。在那些漫长的岁月里，他每天经过自己家门口，从拐角处张望，多次看到他妻子。当人们认为他已经死去，当他妻子认为已守寡多年时，某一天那人打开房门，走了进去。他若无其事，仿佛只离家几小时似的。（他至死一直是个模范丈夫。）霍桑不安地看了这条奇特的消息，琢磨着想弄明白。他冥思苦想；《韦克菲尔德》那个短篇就是揣测那个自我放逐的人的心理而写的故事。谜的解释千千万万，我们且看霍桑是怎么想的。

在霍桑的想象中，韦克菲尔德是个平静、略有自负、自私、喜欢不近情理的神秘、喜欢保守无关紧要的秘密的人；

他是个不热心的人，富有想象力，能长时间地胡思乱想，但到头来一事无成；他是个忠实的丈夫，生性懒惰。十月份的一个傍晚，韦克菲尔德告别了妻子。他对妻子说——别忘了当时是十九世纪初期——他要搭驿车去外地，最迟几天后就回来。妻子知道他喜欢搞些无伤大雅的神秘事情，也不问他出门去干什么。韦克菲尔德穿着靴子、大氅，戴着礼帽；他还带了雨伞和衣箱。韦克菲尔德——我觉得这一点特别可取——当时还不知道不可避免地会发生的事情。他出了门，相当坚决地打算在外面待它一星期，让他的妻子不安或惊慌。他走了，关上大门，然后又打开一条缝，笑了一下。几年后，妻子还记得那最后的一笑。她想象丈夫躺在棺材里，脸上还带着那凝固的笑容，或者在天国的荣光中，狡黠而平静地微笑着。大家都以为他肯定死了，而她记起那个微笑，心想自己也许还不是寡妇。韦克菲尔德绕了几个圈子，到了他事先安排好的住处。他舒舒服服地坐在壁炉旁边笑了；他离家不远，已经到了旅程的终点。他有点疑惧，又为自己庆幸，到了这里仿佛难以置信，但又怕有人注意到他，告发他。他上床时几乎有点后悔；他在那张空荡荡的大床上，摊开两臂，

85

一再大声说："我就一个人睡今天一晚。"第二天，他比往常醒得早，迷惘地问自己该做什么。他知道他有个目的，但一时难以确定。他最后明白，他的目的是要了解一星期的寡妇生活对端庄的韦克菲尔德太太会产生什么影响。好奇心驱使他上了街。他喃喃说："我要远远地偷看我的家。"他心不在焉地走着，突然发现习惯狡猾地把他带到了自己家门口，他几乎迈腿跨进门。他吃惊地退了回来。有没有被人发现？有没有被人跟踪？他在拐角处回过头，望着自己的家；房子似乎不一样了，因为他已经成了另一个人，尽管他自己不知道，一夜之间他已经有了改变。他灵魂里起了变化，害他流放二十年。长期的冒险就从那里真正开始。韦克菲尔德搞了一个红色的假发套。他改变了生活习惯；过了一段时间，他建立了新的生活方式。使他恼火的是，他觉得自己的离家出走并未严重地打乱韦克菲尔德太太的生活。他决定等到能吓她一大跳的时候才回去。一天，药剂师进了他家，另一天，医生也去了。韦克菲尔德很着急，但又怕自己突然露面会加重妻子的病情。他鬼迷心窍，让时间流逝；以前他想"过几天我一定回去"，现在他想的是"过几星期我一定回去"。一晃就是十年。很久以来，他并不再认为自己的行为反常。他怀着心中所有的不温不火的感情继续爱他的妻子，而她正逐渐把他忘记。一个星期天的早晨，在伦敦的人群中，两人在街上交臂而过。韦克菲尔德瘦了；他走道溜边，仿佛在躲藏，在逃避；低额头似乎已布满皱纹；由于他干的不寻常的事，他原先很平常的面容也显得不寻常起来；他小眼睛里的目光游移不定。那女人胖了；手里拿着一本弥撒书，整个人像是宁静认命的守寡的象征；她已经习惯于悲哀，也许再也不会换成幸福的模样。两人面对面，瞅着对方的眼睛。人群把他们挤散，见不到了。韦克菲尔德逃回自己的住处，关上门，加了两道锁，扑到床上抽噎起来。一瞬间，他看到自己古怪凄惨的生活。"韦克菲尔德，韦克菲尔德！你疯了！"他自言自语说。也许正是这样。他在伦敦的中心，却和世界失去了联系。他没有死，却放弃了在活人中间的地位和权利。心理上，他继续和他妻子一起住在家里。他不知道，或者几乎从不知道，他是另一个人。他又说，"我很快就回家"，不想想二十年来一直重复同一句话。二十年的孤独生活在记忆中像是一段插曲，一段简单的插话。一个下午，一个同平时没有区别的下午，和千百个以前的下午一模一样的下午，韦克菲尔德望着他的家。他透过玻璃窗看到底层已经生了火炉；火焰在模制石膏的天花板上映出韦克菲尔德太太的奇形怪状的影子。下雨了，韦克菲尔德感到一阵寒战。这里就是他的家，他的火炉，他却在外面淋透了，似乎太荒唐了。他沉重地踏上阶梯，打开门。他脸上泛起我们见过的神秘狡黠的微笑。韦克菲尔德终于回来了。霍桑没有告诉我们那以后的情况，但让我们猜到，在某种意义上说，他已经死去。我引用最后几句原话："在我们的神秘世界的明显的混乱中，每个人都分毫不差地顺应一种制度——各种制度又互相顺应，万川归海——如果一个人稍有偏离，就会冒丧失地位的可怕风险。他会像韦克菲尔德一样，冒自绝于世界的风险。"

这个简短而不祥的寓言写于一八三五年，在这里我们已经进入赫尔曼·梅尔维尔和卡夫卡的世界，神秘的惩罚和无法解释的罪过的世界。人们会说这没有什么独特，因为卡夫卡的世界是犹太教，霍桑的世界是《旧约全书》中的报复和惩罚。这个评论是公正的，但未超出伦理学的范畴，韦克菲尔德的可怕的故事和卡夫卡的许多故事之间非但有共同的伦理学，而且还有共同的修辞学。比如说，主人公浓厚的平庸气息和他深刻的堕落形成对照，他被交给复仇女神摆布，更加无依无靠。模糊的背景衬托出可怖的梦魇。霍桑在别的故事里采用浪漫的背景；在这篇故事里却只限于资产阶级的伦敦，只把伦敦的人群用来隐藏主人公。

我没有褒贬霍桑的意思，但我想在这里插一个评论。在写于十九世纪初期的霍桑的短篇小说里发现写于二十世纪初期的卡夫卡的短篇小说里的同样特色，这一奇怪的情况不应该使我们忘记卡夫卡的特色是由卡夫卡创造决定的。《韦克菲尔德》预先展示了弗兰茨·卡夫卡，但卡夫卡修正提炼了对《韦克菲尔德》的欣赏。欠债是相互的；一个伟大的作家创造了他的先驱。他创造了先驱，并且用某种方式证明他们的正确。假如没有莎士比亚，马洛[1]哪有响亮的声名？

翻译家和批评家马尔科姆·考利[2]在《韦克菲尔德》中看

---

1 Christopher Marlowe（1564—1593），英国戏剧家、诗人。他的剧本《马耳他岛的犹太人》和《爱德华二世》对莎士比亚的《威尼斯商人》和《理查二世》有明显影响。
2 Malcolm Cowley（1898—1989），美国文学批评家、编辑。

到了纳撒尼尔·霍桑古怪的蛰居的寓意。叔本华有句名言：没有什么行动、思想、疾病不是自愿的；如果这种意见有道理，我们可以猜测纳撒尼尔之所以离群索居多年，就是为了让千变万化的世界不缺少韦克菲尔德奇特的故事。如果卡夫卡写了这篇故事，韦克菲尔德永远不可能回家；霍桑让他回了家，但他的归来和他的长期离家同样可悲和残酷。

霍桑有一篇寓言故事，名为《大地的燔祭》，原可成为上乘之作，但流于道德说教，而使故事本身受到损害。在那篇故事里，霍桑设想人们对无用的积累感到厌烦，决定毁掉过去。为此目的，他们某天傍晚在美国西部一个广阔的地区集会。世界各地的人来到西部平原。他们在中心燃起庞大的篝火，焚烧世上所有的家谱、证书、勋章、授勋令、贵族证书、纹章、王冠、权杖、教皇冠冕、紫红袍服、华盖、御座、酒类饮料、咖啡、茶叶、香烟、情书、枪炮、刀剑、旗帜、军鼓、刑具、断头台、绞刑架、贵重金属、钱币、财产契书、宪法、法典、书籍、僧帽、法衣，以及今天充斥地球的各种圣书。霍桑看到焚烧大吃一惊，但也有点幸灾乐祸；一个沉思模样的人叫他既不必悲哀也不要高兴，因为那个庞大的金字塔形的火堆只烧毁了事物可以烧毁的部分。另一个旁观者——魔鬼——评论说燔祭的主办人忘了把主要的东西，也就是一切罪恶之源的人心，扔到火里去，只是销毁了一些形式。霍桑结尾说："心啊，心，那个简单而无限的球体是一切过错的源头，世上的罪恶和苦难只是过错的几个象征罢了。只要我们净化那个内部的球体，替世界蒙上阴影的形形色色的恶就会像幽灵似的逃遁，假如我们不超越智力，只试图用那个不够完善的工具识别并纠正折磨我们的事物，我们的一切努力都将成为幻梦。那个幻梦是如此空虚，不论我描述的篝火是真火、能烧疼手的火也好，是想象的火和寓言故事也好，都无关紧要。"在这里，霍桑完全信从了基督教义，特别是加尔文宗的理论，信从了人类原罪之说，似乎没有注意到他幻想的销毁一切的寓言故事不仅有道德意义，也可能产生哲学意义。事实上，如果按照唯心主义的学说，世界是某个主宰的梦，某个主宰正在梦中塑造我们，塑造宇宙的历史，那么消灭宗教和艺术，把所有的图书馆付之一炬，无非是毁灭梦中的小图案而已。曾经梦到一切的头脑还会梦到；只要继续做梦，什么都不会丧失。出于对这个貌似离奇的真理的信念，叔本华在他的《附录与补遗》一书中把历史比作万花筒,图案千变万化而组成图案的彩色玻璃碎片一成不变;他又把历史比作一出混乱的、永恒的悲喜剧,角色和假面具随时可以变换,而演员还是那批演员。认为宇宙是我们灵魂的投影,宇宙史在每人心中的这一直觉,促使爱默生写了那首题为《历史》的长诗。

　　至于取消过去的奇想,我不知道是不是应该提起早在公元前三世纪已在中国作过尝试,结果很不幸。汉学家翟理思写道:"宰相李斯建议历史应以自封始皇帝的新君主开始。为了葬送对古代的幻想,下令除农事、医药和占卜的书籍以外,没收并焚毁所有的书籍。隐匿不缴者用烧红的铁器打上烙印,发配到北方去修筑长城。许多宝贵的典籍就此失传;由于无名文人的献身和勇敢,孔子的经书得以保存,留诸后世。据说不少书生抗命被处极刑,他们的坟场冬天都暖得能长出西瓜。"十七世纪中叶,英国的清教徒,也就是霍桑的祖辈中间也出现过同样的意图。"在克伦威尔召集的一次人民议会中," 塞缪尔·约翰逊[1]写道,"有人十分严肃地提出焚毁伦敦塔保

1　Samuel Johnson（1709—1784）,英国文学评论家、诗人。

存的档案，抹掉对过去的全部记忆，让生活制度重新开始。"这就说明废除过去的企图古已有之，不可思议的是它恰好证实了过去是不能废除的。过去是无法销毁的；一切事物迟早会重演，而重演的事物之一就是废除过去的企图。

如同也出身于清教徒家庭的斯蒂文森一样，霍桑始终认为作家的工作是不严肃的，或者更糟，是应该受到谴责的。在《红字》的前言里，他想象祖辈的影子在看他写小说。那段文字很古怪。"他在干什么？——一个古老的影子对别的影子说——在写一本故事书！那算是什么行当，算是什么颂扬上帝或者有益于他同一辈的人的方式？那个不肖子孙如果做个小提琴手或许会好些。"这段话之所以古怪，是因为它包含了真心话，说明了作者本人内心的顾虑。也说明了伦理学与美学或者神学与美学之间的由来已久的纷争。最早的证明见于《圣经》禁止人们崇拜偶像的记载。另一个证明见于柏拉图在《理想国》第十卷里说的话："神创造了桌子的标准型（原始的概念），木工做了模拟品。"再有一个证明是穆罕默德宣布到了最后审判日，生物的所有形象将在神面前出现。天使吩咐制作形象的工匠让它活起来；工匠做不到，便被打下地狱受一段时间的惩罚。有些穆斯林博士主张只禁止那些有投影的形象（雕塑）……传说普罗提诺为自己的躯壳几乎感到羞愧，不让雕塑家为他塑像，留诸后世。有一次朋友请他让人塑像，普罗提诺说："自然界把我幽禁在这个模拟的躯壳里，我已经够厌烦了。难道我会同意让这个形象的形象千秋万代地留下去？"

我们已经看到纳撒尼尔·霍桑是怎么排除那个并非不存在的困难的；他写了有寓言和道德说教意味的作品；使得或者企图使艺术具有良心的职能。我们只要举一个例子：小说《七个尖角阁的老宅》想说明一代人的罪孽会殃及后代，仿佛惩罚也能遗传。安德鲁·兰[1] 把这部小说和埃米尔·左拉[2] 的小说，或者埃米尔·左拉创作小说的理论，加以对照；除了短时令人惊异之外，我不知道把那些毫不相干的名字凑在一起有什么好处。霍桑追求或者容忍道德说教的目的并没有，也不可能使他的作品一无可取。我一生读书，多次证实文学

---

1 Andrew Lang（1844—1912），苏格兰诗人、小说家、文学评论家。
2 Emile Zola（1840—1902），法国小说家。左拉的《实验小说论》提出自然主义的创作原则，认为可以用实验方法认识情感和精神生活，主张小说家应充当事实的收集者和根据事实进行实验的实验者，从而成为人和人的情欲的审问官。

的目的或理论只是激励，最终的作品往往不予理会，甚至反其道而行之。如果作者言之有物，目的即使微不足道或者错误，也不会无法挽回地损害他的作品。作者可能有荒唐的偏见，但他的作品如果真实，如果符合真实的想象，就不可能是荒唐的。一九一六年前后，英国和法国的小说家相信（或者认为自己相信）所有的德国人都是魔鬼；但他们在小说里还是把德国人描绘成人。霍桑最初的想象都是真实的；最后的虚假在于他加在最末的道德说教或者为了表现道德说教而构思塑造的人物。《红字》中的人物，特别是女主人公海斯特·白兰，比他别的小说中的人物更独立自主；她和大多数小说中的人物相似，而不只是霍桑略加乔装的设想。也许正由于这种相对的、部分的客观性，亨利·詹姆斯和路德维希·卢伊森[1]两位敏锐而风格迥然不同的作家都认为《红字》是霍桑的杰作，是研究霍桑创作思想的必不可少的材料。我和那两位权威的意见不同。谁渴求客观性，可以在约瑟夫·康拉德或托尔斯泰的作品里去找；谁寻找纳撒尼尔·霍

---

1 Ludwig Lewisohn（1883—1955），德裔美国作家和批评家，早年倾心日耳曼文化，后转向犹太文化，著有《内岛》等多部长篇小说及《美国文学史话》。

桑独特的风格，在他别的作品和伤感的短篇小说里远比他的长篇小说里更多。我不知道怎么理解我的冷漠；我在霍桑三部有关美国的长篇小说和《玉石雕像》里只看到一系列构思巧妙、打动读者的情节，看不到左右逢源的生动想象。他的想象，我重说一遍，只产生了一般的故事梗概和题外枝节，没有事件和人物心理活动（我们姑且这么说）的衔接。

约翰逊指出任何作家都不喜欢借鉴同时代的人；霍桑也尽可能无视和他同时代的作家。也许他这样做是对的；我们同时代的人和我们总是太相似了，在古代作家中更容易找到新意。据传记作家考证，霍桑没有看过德·昆西、济慈、维克多·雨果的作品——他们之间也互不看彼此的作品。格鲁萨克认为美国作家不可能有独创性，一口咬定霍桑受到"霍夫曼[1]的明显影响"；这个见解似乎说明他对两个作家都不了解，霍桑具有浪漫主义的想象力，他的风格尽管有些过火，却属于十八世纪，属于值得赞扬的十八世纪比较薄弱的末叶。

我看过霍桑为了排遣长期孤寂而写的日记片段；我介绍

1　Ernst Theodor Wichelm Hoffmann（1776—1822），德国浪漫主义作家。

了霍桑两个短篇小说的简单内容；现在我引用《玉石雕像》的一些段落，听听霍桑自己是怎么说的。主题是拉丁历史学家谈过的罗马广场中央裂开的一个洞，或者说深渊，一个罗马人全副甲胄连人带马跳了进去祭神。霍桑是这样写的：

"我们判断，"凯尼恩说，"这里就是地洞开口，英雄和骏马投身的地点。我们在想象中看到那个巨大黝黑的洞穴，深不可测，里面全是青面獠牙的妖魔鬼怪往上张望，使洞边上窥探的人胆战心惊。毫无疑问，里面有预卜将来的景象（罗马全部灾难的奥秘），高卢人、汪达尔人和法兰西士兵的幽灵。它很快又封口了，多么可惜！我愿意付出任何代价看一眼。"

"我认为，"米里亚姆说，"在忧郁消沉，也就是说在全凭直觉的时候，谁都看到那个洞。"

"那个洞，"他的朋友说，"只是我们脚下遍及各地的黑暗深渊的一个开口罢了。人们幸福的最坚实的物质只是盖在那个深渊之上支撑我们虚幻世界的一层东西。不需要地震就能使它破碎；它只能支持体重，踩上去要十分小心。我们最终都不可避免地会陷下去。库尔提乌斯冲进深渊是愚蠢地逞英雄，因为整个罗马眼看都陷了下去。皇帝的官殿蓦然一声倒坍了。所有的寺庙也都倾圮，成千上万的塑像纷纷坠下。所有的军队和胜利在行进中掉进地洞，皇皇战功灰飞烟灭，跌落时还奏着军乐……"

以上是引述霍桑的话。从理念（仅从不应干预艺术的理念）角度来看，我翻译的这段激烈的话简直难以形容。广场中央裂开的口子代表的东西太多了。在一段话里，它既是拉丁历史学家们提到的裂隙，又是充斥"青面獠牙的妖魔鬼怪"的地狱入口；既是人们生命的基本恐惧，又是吞没塑像和军队的时间，以及包含所有时间的永恒。它是个多重的象征，包含许多也许意义相悖的象征。对于理念和逻辑思维，意义的多样化可能违反常情；对于梦，情况就不一样了，因为梦有它独特的、秘密的代数学，在它暧昧的领域里，一样东西也可能是多样的。梦的世界就是霍桑的世界。霍桑曾打算写一个梦，"一个像是真梦的梦，像梦那样不连贯、离奇、没有目的"，并且为迄今没有人写过这类题材而感到惊异。我们的全部"现代"文学都企图实现那个打算，也许只有刘易斯·卡罗尔一人做到了。霍桑有关这一古怪计划的日记有六册之多，记录了几千则有具体特征的琐碎印象（母鸡的动作、树枝在墙上的影子），数量之多，内容之不可理解，使所有的传记作家都感到困惑。亨利·詹姆斯茫然不解地写道："像是一个人写给自己的愉快而无用的信，那人惟恐投递过程中遭到拆阅，决定不谈任何可能造成牵连的事。"我认为纳撒尼尔·霍桑长年记录这些琐碎的印象，为的是向自己证明他是真实的，为的是设法摆脱他常有的不真实感和幻觉。

霍桑在一八四〇年写道："我在我惯常待着的房间里，仿佛永远待在这里。我在这间屋子里写了许多短篇小说，后来烧掉不少，因为它们理应落个付之一炬的下场。这是一间中了邪的屋子，因为千千万万的幻影盘踞整个房间，有些幻影如今已经问世。有些时候，我觉得自己待在坟墓里，寒冷、动弹不得、浑身麻木；有些时候又觉得自己很幸福……现在我开始明白，为什么这许多年来我是这间凄清的屋子的囚徒，为什么我不能砸破它无形的铁栅。如果说以前我还能逃避的话，现在却困难万分，我的心已经蒙上尘土……说真的，我们只是一些影子……"在我刚引用的文字里，霍桑提到"千千万万的幻影"。这个数字并非夸张；十二卷的霍桑全集包括一百多部短篇小说，这只是他日记里大量构思草稿中的少数几个（他写成的短篇小说中有一个题为《希金博特姆先生的杀身之祸》，预示了爱伦·坡后来发现的侦探小说体裁）。玛格丽特·富勒小姐在乌托邦式的布鲁克农场[1]里认识了纳撒尼尔·霍桑，她后来写道："在那个构思的海洋里，我们看到的只是几滴海水。"爱默生也是霍桑的朋友，他认为霍桑远没有发挥他的潜力。

霍桑于一八四二年，也就是他三十八岁时结婚；在此以前，他过的几乎纯粹是想象的精神生活。他曾在波士顿海关任职，担任过美国驻利物浦领事，在佛罗伦萨、罗马、伦敦住过，但他的现实始终是幻想的朦胧世界。

在开始讲课时，我提到心理学家荣格的学说，荣格把文

1　1841 年霍桑曾参加超验主义者创办的布鲁克农场。在 1852 年出版的小说《福谷传奇》里，霍桑以布鲁克农场生活为题材，表达了对这种乌托邦式的社会改良的尝试的失望心情以及对狂热的改革者的厌恶。

学创作和梦幻虚构、把文学和梦等量齐观。这个学说似乎不适用于西班牙语文学，因为西班牙语重词汇和修辞，不尚幻想。相反的是，对北美文学倒适用。北美文学（如同英国和德国文学）中虚构胜于纪实，创作胜于观察。由于这个特点，美国人对现实主义作品有奇怪的崇敬，他们认为，举例说，莫泊桑比雨果更出色。原因是一个美国作家有可能成为雨果，但不能勉强成为莫泊桑。美国文学出了几位天才人物，在英国和法国产生了影响，同美国文学相比，我们的阿根廷文学就有显得乡土气的危险；然而在十九世纪，阿根廷文学也出了一些现实主义的作品——出现了埃切维里亚、阿斯卡苏比、埃尔南德斯，以及未受重视的爱德华多·古铁雷斯的值得一提的粗犷作品，到现在为止，美国人还没有超过（或者说还没有可以与之媲美的作品）。有人会反对说，福克纳的粗犷风格并不亚于我们的高乔文学的作者。我知道确实如此，但福克纳的风格有点引起幻觉。有地狱的而非人间的意味。有霍桑所开创的梦幻的意味。

霍桑于一八六四年五月十八日死在新罕布什尔山区。他是在睡眠中去世的，死得平静而神秘。我们不禁要想他死时还在做梦，我们甚至可以揣摩他梦见的故事——一系列无穷无尽的梦的最后一个——以及死亡是如何结束或抹去那个梦的。有朝一日我也许会把它写出来，试图用一个差强人意的短篇小说来弥补这次有欠缺的、东拉西扯的讲课。

范·威克·布鲁克斯的《新英格兰的兴盛》、戴·赫·劳伦斯的《美国经典文学研究》和路德维希·卢伊森的《美国文学史话》对霍桑的作品作了分析和评价。霍桑的传记很多。我参考了亨利·詹姆斯一八七九年为约翰·莫利主编的"英美文人传记系列"所撰写的《霍桑传》。

霍桑已逝世，别的作家继承了他的梦的任务。如果各位不嫌，下一讲我们将探讨爱伦·坡的光荣和苦恼，在爱伦·坡身上梦成了梦魇。

王永年 译

作为象征的瓦莱里

　　把惠特曼的名字与保尔·瓦莱里扯在一起，粗看起来，是一种随意的、（说难听些）愚蠢的做法。瓦莱里才高八斗又一丝不苟，而惠特曼则是一位前言不搭后语、狂放不羁的乐天派；瓦莱里以体现精神迷宫著称，而惠特曼却以身体的感叹而闻名；瓦莱里是欧洲的象征，是它体弱多病的黄昏的象征，惠特曼则是美国的早晨的象征。整个文坛似乎不能同意将诗人一词用在这两个最为对立的人物的身上。但是有一件事却把两者结合在一起：他们的作品作为诗歌，都没有作为作品所创造的一个典范诗人的标志那样有价值。因此，英国诗人拉塞尔斯·艾伯克龙比会称赞惠特曼，"用他丰富而可贵的经验，创作了那个生动的、个体的形象，那是我们时代的诗歌中没有的、真正伟大的东西：他自己的形象。"这个评语既模糊又用了最高级，但是它有一个特别的优点，就是没有把作为文学家和丁尼生的崇拜者的惠特曼，同《草叶集》中那个半神的主人公等同起来。这一区别是有意义的；惠特曼是根据一个想象中的"我"来写他的诗歌的，这个"我"一部分是他自己，一部分是他的每一位读者。所以会产生使批评界恼火的意见分歧，所以他会在记录诗歌的创作日期时习惯于写上连他都不认识的地名，所以他在某部作品中写了他出生于南方，而在另一部作品中说自己（实际上也是）出生在长岛。

惠特曼的创作意图是想定义一个可能的人——沃尔特·惠特曼——一个粗心大意无比的乐天派，同样夸张，同样缺乏真实感的是瓦莱里的作品所描绘的人物，后者不像前者那样去赞美博爱、热情和乐观等人类的能力，而是颂扬思想的优点。瓦莱里塑造了埃德蒙·泰斯特。这个人物可能是我们这个时代的神话之一，如果大家内心里不认为这纯然是瓦莱里的活人的鬼魂的话。对我们来说，瓦莱里就是埃德蒙·泰斯特。就是说，瓦莱里是埃德加·爱伦·坡笔下的杜宾先生和神学家心中那难以想象的上帝的化身。这一点无疑不是真的。

叶芝、里尔克和艾略特写过比瓦莱里更值得记忆的诗歌；乔伊斯和格奥尔格对自己的写作手法作过更深刻的修改（也许法语不如英语和德语容易修改）。但是，在这些著名作家的作品后面，没有可以与瓦莱里的个性相比的特色。即使这种个性在某种程度上是作品的布局，也不能改变这样的事实：在一个卑劣的浪漫主义时代，在纳粹主义和辩证唯物主义、弗洛伊德教团的占卜师和超现实主义的商贩的忧郁的时代，呼吁人们保持清醒，这是瓦莱里过去所做（现在继续在做）的功德。

保尔·瓦莱里在去世后给我们留下了一个对一切事物都非常敏感的人的象征：一个认为一切事物都是一种能启发一连串思考的刺激的人；一个能传播自己区别于他人的特点的人，像威廉·哈兹里特[1]说莎士比亚那样，"他没有什么是自己的"；他是一个作品还没有写完，甚至还没有确定其包罗万

1　William Hazlitt（1778—1830），英国作家、评论家。

象的能力的人；一个在崇拜鲜血、土地、激情等普遍的偶像的世纪中，总是偏爱清醒地思考之乐和追求秘密的秩序的冒险的人的象征。

一九四五年，布宜诺斯艾利斯

黄锦炎 译

爱德华·菲茨杰拉德之谜

有一个名叫欧玛尔·本·易卜拉欣[1]的人于公元十一世纪（对他说来那是伊斯兰教纪元的五世纪）在波斯出生，他同哈桑·本·萨巴哈和尼札姆·穆尔克一起学习《古兰经》和传统。哈桑·本·萨巴哈后来创立了阿萨辛派；尼札姆·穆尔克后来成为征服高加索的艾勒卜－艾尔斯兰的大臣。三个朋友半开玩笑半认真地相约，三人之中日后有谁飞黄腾达，春风得意，不能忘记旧交。若干年后，尼札姆身居大臣之尊：欧玛尔只请求他给予一角庇荫，为朋友的兴旺祈祷，并让他潜心研究数学。（哈桑求得了高官，最后刺杀了大臣。）欧玛尔从内沙布尔国库领取一万第纳尔的年金，从事研究工作。他不再相信用于占卜的星象学，而致力于天文学，他与人合作进行苏丹提倡的历法改革，撰写了一篇著名的代数论文，提出了一次、二次方程式的数学解答，运用圆锥的交叉线提出了三次方程式的几何解答。数字和星球的奥秘并没有穷尽他的注意力；他在清静的书房里阅读普罗提诺的文章，那在伊斯兰的词汇里就是埃及的柏拉图或者希腊的大师，他还阅读了异端而神秘的《精诚兄弟会论文集》里的五十多篇书信，那里面说的是宇宙起于一、归于一……法拉比认为普遍形式不可能存在于事物之外，阿维森纳 [2] 主张世界是永恒的。有些编年史说他相信，或者装作相信灵魂轮回之说，相信人的灵魂会投生到牲畜的躯体，据说他像毕达哥拉斯同狗交谈那样，曾同一头驴子交谈。他是无神论者，但能用正统的方式解释《古兰经》里最深奥的章节，因为凡是有修养的人都是神学家，而作为神学家并不非有信仰不可。欧玛尔·本·易卜拉欣·海亚姆研究天文、代数和宗教之余，还写四行诗，那种诗的第一、二、四行协尾韵；最全的抄本收集了他的五百多首四行诗，这个数目太少了，对他成名不利，因为在波斯（正

---

1 即欧玛尔·海亚姆。
2 Avicenna（980—1037），阿拉伯语名为伊本·西拿，哲学家、医师。

如在洛佩·德·维加[1] 或者卡尔德隆[2] 的西班牙一样），诗人必须多产。伊斯兰教历五一七年，欧玛尔正在看一部题名为《单一与众多》的著作时，突然有些不适或预感。他站起来，在他再也不会阅读的那一页做了记号，同神取得和解，那个神也许存在，他在遇到困难的代数问题时，也求过神的帮助。那天太阳西下时，他溘然逝世。那些年月，在伊斯兰教国家的地图绘制员还不知道的一个西北部岛上，一位打败过挪威国王的撒克逊国王败于诺曼底公爵手下[3]。

七个世纪的时光、痛苦和变化悄悄流逝，英格兰诞生了一个姓菲茨杰拉德[4] 的人，他的聪颖不及欧玛尔，但也许比他敏感，比他忧郁。菲茨杰拉德知道文学是他的最终目的，孜

1　Lope de Vega（1562—1635），西班牙作家、戏剧家、诗人，是西班牙文学黄金时期仅次于塞万提斯的重要作家，他的作品之广度使其跻身世界多产作家之列。

2　Calderón de la Barca（1600—1681），西班牙戏剧家，西班牙文学黄金时期的重要人物。

3　指 1066 年盎格鲁-撒克逊王朝的韦塞克斯王国末代君主哈罗德二世被诺曼底公爵威廉打败的史实。

4　Edward FitzGerald（1809—1883），英国作家、翻译家，早期也曾写诗，但无大成就。他翻译的波斯诗人欧玛尔·海亚姆的《鲁拜集》诗句洗练自然，音调优美，被认为是诗人译诗的成功范例。

孜不倦地致力于文学。他反复阅读《堂吉诃德》，认为它几乎是所有书籍中最好的一部（当然，他不想贬低莎士比亚和亲爱的老维吉尔），他的喜爱扩展到他赖以寻找词汇的字典。他认为凡是灵魂里包含一点音乐的人，如果吉星高照，在生命的自然过程中都有十来次写诗的机会，但他不打算滥用这微小的特权。他结识了一些杰出的人物（丁尼生、卡莱尔、狄更斯、萨克雷），他虽然谦虚知礼，但并不认为自己低人一等。他出版过一部文笔严谨的对话集《幼发拉底人》，此外还有格调一般的卡尔德隆的剧本和希腊伟大悲剧诗人的作品译本。他学了西班牙文后又学波斯文，开始翻译《百鸟议会》，这部带有神秘主义的史诗描写百鸟寻找鸟王西牟，飞过七重海洋后终于到达鸟王宫殿，结果发现它们自己就是西牟，西牟就是众鸟。一八四五年前后，他拿到一部欧玛尔诗作的手抄本，次序按韵脚字母排列；菲茨杰拉德把其中一部分译成拉丁文，隐约看出有可能将其编成一个连续有机的集子，以黎明、玫瑰、夜莺的形象开始，以夜晚和坟墓的形象结尾。菲茨杰拉德把他淡泊、孤独、执著的生活奉献给这一不大可能、难以置信的目的。一八五九年他出版了《鲁拜集》的第一个版本，后来又出版了别的认真修订的版本。奇迹出现了：一个屈尊写诗的波斯天文学家，一个浏览东方以及西班牙书籍、也许不一定全懂的古怪的英国人，两人偶然的结合产生了和两人并不相像的一个了不起的诗人。斯温伯恩说，菲茨杰拉德"给了欧玛尔·海亚姆在英国最伟大的诗人中间一席永久的地位"。切斯特顿觉察到这个无与伦比的集子的浪漫主义和古典主义特色，评论说它兼有"飘逸的旋律和持久的铭刻"。有些批评家认为菲茨杰拉德的欧玛尔译本实际是有波斯形象的英国诗；菲茨杰拉德推敲、润色、创新，但他的《鲁拜集》仿佛要求我们把它看作波斯的古诗。

这件事不由得引起玄学性质的猜测。我们知道，欧玛尔信奉柏拉图和毕达哥拉斯的学说，认为灵魂可以在许多躯体中轮回；经过几个世纪以后，他的灵魂也许在英国得到再生，以便用一种遥远的、带有拉丁语痕迹的日耳曼语系文字完成在内沙布尔受数学遏制的文学使命。伊萨克·卢里亚指出一个死者的灵魂可以进入另一个不幸的灵魂，给他以支持和启迪；或许欧玛尔的灵魂于一八五七年在菲茨杰拉德的灵魂中落了户。从《鲁拜集》里可以看到，宇宙的历史是神设想、演出、观看的戏剧；这种猜测（它的术语是泛神论）使我们不由得想起英国人可能重新创造了波斯人，因为两人本质上是神或者神的暂时形象。更可信并且同样令人惊异的是，这些超自然性质的猜测是一种有益的偶然设想。天空的云朵有时形成山岭或狮子的形象；爱德华·菲茨杰拉德的悲哀与牛津大学图书馆书架上泛黄的纸和变成紫色字迹的手抄本同样也形成了造福我们的诗。

一切合作都带有神秘性。英国人和波斯人的合作更是如此，因为两人截然不同，如生在同一时代也许会对彼此视同陌路，但是死亡、变迁和时间促使一个人了解另一个，使两人合成一个诗人。

王永年 译

关于奥斯卡·王尔德

提起王尔德的名字就是提起一位也是诗人的花花公子，就是使人想起一个既戴领带又用比喻的、叫人吃惊的绅士形象，也使人想起艺术的概念就如精选的、秘密的游戏——以休·维雷克[1]的地毯和斯蒂芬·格奥尔格的生命之毯的方式进行的游戏——以及诗人就如一个勤奋的人造魔鬼（《普林尼》，第二十八章第二节），就是使人想起十九世纪疲惫的黄昏，以及那令人压抑的温室和化装舞会，这些回忆无一是虚伪的，但所有的回忆，我认为都是部分的真实，它们不是相互矛盾，就是忽视了明显的事实。

让我们来探讨一下，比如说，王尔德是一位象征主义者，一大堆事实可以作为论据：王尔德在一八八一年是唯美主义者的领头人，十年后又是颓废派的盟主；丽贝卡·韦斯特[2]曾背信弃义地指责他（《亨利·詹姆斯》，第三章），把"中产阶级的标记"强加于后者；他的诗歌《斯芬克斯》用词经过精心推敲；他是斯温伯恩和梅里美的朋友。一个重要的事实却驳斥了这种说法：无论在诗歌还是散文中，王尔德用的句法总是非常简单。在众多的英国作家中，没有一个能像王尔德那样使外国人易懂。无法解读一段吉卜林的文章、一节威廉·莫里斯的诗句的读者，一个下午就可以读完《温夫人的扇子》。王尔德的韵律是自然的或者是想显得自然的；他的作品中没有一句实验性诗句，比如莱昂内尔·约翰逊[3]艰涩而又博学的亚历山大体诗：孤独与基督在一起，孤单而忧伤，被人类遗忘。

王尔德在技巧上的平庸可以用来作为证明其内在的伟大的论据。如果王尔德的作品与他的名气一致，那其中就会充斥诸如"游牧的宫廷"或"花园的晨昏"之类的生造语句了。

1　Hugh Vereker，亨利·詹姆斯小说《地毯上的图案》中的人物。

2　Rebecca West（1892—1983），英国小说家和评论家。

3　Lionel Johnson（1867—1902），爱尔兰诗人。

王尔德作品中这种生造语句很多——我们只要回忆一下《道连·格雷的画像》的第十一章或者《妓女之家》或者《黄色交响曲》就行了——但显然都是陪衬性质的。王尔德可能应用这些 purple patches[1];这个词组,据查尔斯·里基茨[2]和赫斯基思·皮尔逊[3]说是王尔德所创,可是在贺拉斯《诗艺》的前言中就曾出现过。这件事也证明,人们常常把王尔德的名字跟装饰性的文字联系在一起。

几年来,我反复阅读了王尔德的作品,发现了他的吹捧者们似乎想都没有想到过的一个事实:这个可以证明的基本事实是,王尔德几乎总是有道理的。《社会主义下人的灵魂》不但令人信服,而且也是正确的。他在《蓓尔美尔街报》和在《演讲者》上发表了许多杂记,当中有大量精辟的见解,超过了莱斯利·斯蒂芬和圣茨伯里的最佳作品。玩弄雷蒙·卢尔[4]的那种拼凑艺术,这也许适用于他的某一句戏言

---

1 英文,词藻华丽的段落。
2 Charles Ricketts(1866—1931),英国艺术家和出版家。
3 Hesketh Pearson(1887—1964),英国艺术家和传记作家,1946 年出版《王尔德传》。
4 Ramon Llull(约 1235—1316),西班牙神秘主义者、炼金术士。

（"一张见一次总是要忘记的那种英国脸"），但不适用于"音乐向我揭示一个未知的但可能是真实的过去"的见解（《作为艺术家的批评者》），或者"所有的人都摧毁所爱之物"（《雷丁监狱之歌》），或者另一句，"对一件事的后悔就是对过去的修正"（《从深深处》），或者那句堪与莱昂·布洛瓦或斯威登堡相比的，"每时每刻没有一个人不是他过去是的和他将要成为的"。我抄录这些不是要读者崇拜；我引证这些是作为他非常多面的思想的迹象，这是王尔德的一大特点。此人，如果我没有受骗的话，远不止是一个爱尔兰的莫雷亚斯；他是十八世纪的人，有那么一次迁就过象征主义的玩意儿，像吉本，像约翰逊，像伏尔泰那样，他是一位有才智而且有道理的人。是个"说坏话开门见山的、古典之极的人"。他给了这个世纪它所要求的东西，给大多数人的是叫人落泪的喜剧，给少数人的是语言的阿拉伯图案。他以一种随意的成功创作了截然不同的作品。然而，完美却损害了他；他的作品是如此和谐，以致竟使人觉得是理所当然的，甚至不足挂齿的。我们难以想象，世界上没有王尔德的警句会怎么样，而前面所说的困难也降低不了它们受欢迎的程度。

一个旁注。奥斯卡·王尔德的名字是与《伦敦男妓自白书》联系在一起的；他的荣耀是与判决和监狱联系在一起的。然而（这一点赫斯基思·皮尔逊很好地感觉到了），他的作品的基调是快乐，相反，切斯特顿作为肉体和精神健康的典型，他的华丽作品总是差一点就要变成噩梦；恶魔和恐怖总窥视着他的作品，在最平淡的章节里，它们会以恐怖的形式出现。切斯特顿是个想恢复童年时代的人；王尔德尽管有恶习和不幸，却保持着一种不可摧毁的天真。

诚如切斯特顿，如安德鲁·兰，如鲍斯韦尔一样，王尔德也是那种可以不顾评论界的批准，甚至有时不顾读者是否通过的人，因此与他交往给予我们的快感是不可抗拒的、持久的。

黄锦炎 译

关于切斯特顿

因为他不能驱除

来自树木的恐怖

切斯特顿:《第二个童年》

爱伦·坡写的纯然是鬼怪恐怖或者稀奇古怪的故事。爱伦·坡是侦探小说的发明人。这一点正如他不把两种体裁混在一起那样不容怀疑。他没有硬让绅士奥古斯特·杜宾去注意人群里那个人的前科或者去解释在红黑相间的大厅里使戴面具的普罗斯佩罗亲王暴死的化装舞会。与此相反,切斯特顿却热衷而且乐意描写这类绝技。布朗神甫传奇中的每个故事都是一个谜,先提出鬼怪式的抑或神奇的解释,最后再用普通的道理作出解释。高明的手法并没有写尽这些虚构短篇小说的优点；我认为，在这些小说中可以看出切斯特顿的历史密码、切斯特顿的象征或者说他的镜子。他的模式多少年来在多少书中（《渔人游戏》、《诗人与疯子》、《庞德的悖论》）不断被重复，似乎证明这是一种基本形式，而不只是一种修辞技巧。本文想对这种形式作一下阐述。

在此之前，有必要重新审视一下某些极其明显的事实。切斯特顿是一位基督教徒，切斯特顿相信拉斐尔前派（"伦敦，小而白，而且清洁"）的中世纪，切斯特顿与惠特曼一样，认为人生本身就是一个奇迹，任何不幸也不应该消除我们可笑的感激。这些认识可能是正确的，但意义却有限；认为这些就可以界定切斯特顿，那是忘记了"一个信条只是一系列思想和感情的最终归宿，而人则是整个系列"。在我国，基督教徒们颂扬切斯特顿，自由思想家们则否定他。就像所有信奉某一信条的作家一样，切斯特顿由信条来评判，受信条谴责或褒奖。他的情况与吉卜林相似，人们总是以大英帝国的眼光去评价后者。

爱伦·坡和波德莱尔一心要创造一个恐怖世界，就像威廉·布莱克笔下备受折磨的乌里森；他们的作品中自然会出现许多恐怖的形式。而切斯特顿，据我看他不会容忍别人称他为噩梦编造者、人造魔鬼（《普林尼》，第二十八章第二节），但他无法避免经常要涉及一些残酷的场面。他要设问，一个人能否有三只眼睛，一只鸟能否有三张翅膀；他要背叛那些泛神论者，说在天堂里发现了一个死人；要说天使合唱团的神灵们没完没了地摆出同一副面孔；他说起一座镜子的牢房；说起一个没有中心的迷宫；说起一个被金属的机器人吞食的人；说起一棵吃鸟的树，上面不长树叶而长羽毛；他想象（《代号星期四》，第六章）在世界的东部边缘有一棵树，已经超越而且不成其为一棵树了；在西部边缘有什么东西？一座塔，单说它的建筑就是邪恶的。他把近的东西定义为远的东西，甚至是凶残的东西。如说到他的眼睛，他用《以西结书》（第一章第二十二节）里的话把它们称作一个可怕的水晶；如说到夜晚，他会修改一下古代的恐怖说法（《启示录》，第四章第六节），把它称作为长满眼睛的魔鬼。这在小说《我是怎样见到超人的》中也很明显，切斯特顿跟超人的父母交谈，当问到他们的儿子整天关在黑屋子里长得是否漂亮时，他们提醒前者，超人有自己的标准，应该按他的标准去衡量（"在这方面他比阿波罗美，当然这是从我们下层的看法……"）；后来他们又承认，要握一下超人的手不容易（"请您理解，他的身体结构是非常特别的"）；再后来，他们竟说不清超人长着毛发还是羽毛。一股风吹来把超人杀死了，几个人抬出一口棺材，那样子不像是为人准备的。切斯特顿用嘲讽的口吻叙述了这个怪胎学的幻想故事。

这种例子可以举出许多，它们证明切斯特顿不愿意学爱伦·坡或者卡夫卡，但是在塑造他的自我的黏土中有一种倾向于噩梦的东西，一种秘密的、盲目的、集中的东西。他并非徒劳地把他最初的作品献给歌德派的两位大师勃朗宁和狄更斯；并非徒劳地一再重复说，德国出版的书中最好的一本书是《格林童话》；他诋毁易卜生，几乎是无法庇护地庇护爱德蒙·罗斯丹[1]，但是山魔王和培尔·金特的缔造者[2]才是他梦想的材料。那种标准的不一，那种勉强维系的鬼迷心窍的好恶感，确定了切斯特顿的本性。这场战争的标志，我认为，

1　Edmond Rostand（1868—1918），法国剧作家、诗人、法兰西学院院士。
2　指易卜生。

就是布朗神甫的历险记。其中每个故事都是要用一个道理来说明一个无法解释的事件[1]。所以我在本文开头说了，这些小说是切斯特顿的历史密码，是切斯特顿的象征和镜子，就是这么回事，只是切斯特顿让他的想象服从的，确切说不是道理而是基督教的信仰，或者说是服从于柏拉图和亚里士多德的希伯来想象。

我记得两则互相对立的寓言故事，第一个出现在卡夫卡作品的第一卷中。这是一个要求被法律承认的人的故事。第一道门的看守对他说，里面还有好多道门[2]，每个大厅都有一个看守把门，他们一个比一个强壮。那人就坐下来等。日子一天天、一年年过去了，那人就死了。临终时他问："在我等待的岁月中，居然没有一个人想进去，这可能吗？"看守回答他："没有人想进去，因为这道门是只为你而存在的。现在我要关门了。"（卡夫卡在《审判》的第九章中评论了这个故

---

1 不是解释不可解释的事件，而是解释模糊的事件，这才是侦探小说作家们通常必须完成的任务。——原注
2 罪人和荣耀之间隔着一道又一道门的观念，在《光辉之书》中就有，参见格拉什《在时间和永恒》，第 30 页；还有马丁·布伯《哈西德遗事》，第 92 页。——原注

事，把它说得更加复杂。）另一个寓言故事在班扬的《天路历程》中。人们贪婪地望着一座许多武士把守的城堡；门口有一个看守拿着一本登记簿，谁配走进这道门，他就把名字记下来。一个胆大的人走近看守，对他说："记下我的名字，先生。"接着他抽出佩剑，向武士们扑去，你砍一刀，我刺一剑，杀得鲜血淋漓，直至在厮杀声中杀出一条血路，最后进入了城堡。

切斯特顿毕生致力于写这第二则故事，但他内心里有些东西总是倾向于写第一则故事。

黄锦炎 译

第一个威尔斯

哈里斯[1]说,奥斯卡·王尔德在被问到关于威尔斯的话题时回答说:"一位科学的儒勒·凡尔纳。"

说这话是在一八九九年,猜想王尔德并非要给威尔斯下定义,或是想糟蹋他,而是想换个话题,赫伯特·乔治·威尔斯和儒勒·凡尔纳现在是水火不相容的两个名字。我们大家都有这个感觉,但是,审察一下我们的感觉所依据的错综复杂的原因是不无裨益的。

这些原因之中最明显的是技术方面的。威尔斯(在甘当社会学研究者)以前是一位可敬的小说家,是斯威夫特和爱伦·坡的简洁风格的继承人;凡尔纳则是一位勤奋而笑容可掬的短工。凡尔纳是写给青少年看的,而威尔斯则老少咸宜。

还有一个区别，威尔斯本人曾说过：凡尔纳的幻想贩卖的是可能的东西（一艘潜水艇、一艘比一八七二年的船还要大的船、发现南极、会说话的照片、乘气球横穿非洲、一个通往地心的死火山口）；威尔斯的幻想则纯然是可能性（一个隐身人、一朵吃人的花、一只能反映火星上的情况的水晶蛋），但不是完全不可能的事情：一个人从未来归来，带着一朵未来的花；一个人死而复生，心脏移到了右边，因为别人像照镜子那样，把他翻了个个儿。我曾经读到过，凡尔纳对《登月第一人》中出格的描写感到惊讶，他愤怒地说：胡诌！

刚才指出的原因我觉得是说明问题的，但不能说明为什么威尔斯比《太阳系历险记》的作者，以及比罗斯尼[2]、李顿[3]、罗伯特·帕尔托克、西哈诺·德·贝尔热拉克[4]，或者比他的写作手法的任何一位先驱者不知高出多少倍。他的故事

1 Frank Harris (1856—1931)，爱尔兰裔美国作家、记者，著有《王尔德：生平和自白》。
2 Rosny，法国小说家约·亨·博埃克斯 (1856—1940) 和塞·朱·博埃克斯 (1859—1948) 兄弟的共用笔名。
3 英国文学史上有多个李顿，此处可能指爱德华·布尔沃－李顿男爵 (1803—1873)，著有小说《庞培城的最后一日》等。
4 Cyrano de Bergerac (1619—1655)，著有《月亮世界的故事》和《太阳世界的故事》。

情节的最大成功不在于解决问题。在篇幅不太短的书中，情节无非是一个借口，或者是一个出发点。重要的是完成一部作品，而不是读起来畅快。这一点可以在各种体裁的作品中看到：那些优秀的侦探小说并不是情节最好的（如果都以情节取胜，那就不会有《堂吉诃德》，而萧伯纳的价值也就不如尤金·奥尼尔）。依我之见，比如说，威尔斯的早期作品《莫罗博士岛》或者《隐身人》，之所以评价高，有其更深层的原因，它们不但内容构思巧妙，而且在某种程度上对人类一切命运的固有过程具有象征意义。那位被人追逼的隐身人不得不睁着眼睡觉，因为他的眼皮挡不住光线，这是我们的孤独和我们的恐惧；那在夜晚嘟哝着奴性十足的教条围坐在一起的魔鬼们的秘密集会是梵蒂冈。一部不朽的著作总是有无穷的、生动的模糊性；它像使徒一样，完全是为所有人的，它是一面镜子，能照出读者的特征，还是一幅世界地图。这一切还应该是以淡化的、谦卑的方式发生，甚至无视作者的意见；作者应该仿佛不知道一切象征的意义。威尔斯就是以这种清醒的单纯创作了他早期的幻想作品，我以为，这是他值得赞美的作品的最值得赞美之处。

那些主张艺术不应该宣扬教条的人，所指的往往是与自己的教条相左的教条。当然，这不是我的情况，我感激并信奉几乎所有威尔斯的教条，但我对他把教条穿插进自己的作品感到惋惜。作为英国唯名论派的好传人，威尔斯谴责我们经常说"英国"的顽固或"普鲁士"的阴谋；他反驳这些有害的神话的理由，我认为无可指责，但把它插到帕勒姆先生的梦的故事中去则又另当别论了。当一位作者只局限于叙述事情或者描绘某个意识的轻微的转向，我们可以设想他是无所不知的，可以把他混同宇宙或者上帝，而当他低声下气地推理的时候，我们便知道他也可能讲错了。现实是由事实构成的，不是由推理得来的；我们容忍上帝断言"我是自有永有的"（《出埃及记》，第三章第十四节），而不是黑格尔或者安塞姆[1]宣布和分析的那个本体论的论据。上帝不应该奢谈神学；作者不应该用人类的推理剥夺艺术要求我们具有的短暂信念。另外，如果作家对一个人物表示憎恶，就仿佛还没有理解他，就好像说此人不是他非写不可的。我们不相信他，

1　Anselm of Canterbury (1033—1109)，意大利经院哲学家，尤以有关上帝存在的"本体论证"著称于世。

就好比不相信一个主管天堂地狱的上帝。斯宾诺莎说过（《伦理学》，第五章第十七节），上帝既不恨谁也不爱谁。

像克维多、伏尔泰、歌德和其他一些作家一样，威尔斯是位文学家，更是一部文学作品。他写的噜噜苏苏的书中再现过查尔斯·狄更斯的辉煌，他写了不少社会学的寓言故事，编过百科全书，扩大了小说创作的可能性，为我们的时代重写了《约伯记》，"希伯来人对柏拉图对话的伟大摹写本"，不卑不亢地写了一本自传，他反对过共产主义、纳粹主义和基督教义，礼貌而又殊死地与贝洛克进行过论战，写了过去的历史和未来的历史，记录了真实的和虚构的生平。在这座庞大而多样化的图书馆中，没有哪本书比他叙述的几个残酷的奇迹更使我喜欢，这几本书是《时间机器》、《莫罗博士岛》、《普拉特纳的故事》和《登月第一人》。那是我最初读过的几本；或许也是最后读的几本……我想它们应该像忒修斯或薛西斯大帝的程式一样，普遍地存入人类的记忆之中，在人类的范围中增殖，超越其作者荣誉的边界，超越其所用语言的死亡……

黄锦炎 译

《双重永生》

我第一次了解《双重永生》要归功于德·昆西（我欠他的太多了，以至于单举出某一部分，好像是否定或者有意不说其他部分），这本专著是伟大的诗人约翰·多恩[1]在十七世纪写的，他把手稿留给罗伯特·卡尔先生处置，只是不准他"出版或焚毁"。多恩死于一六三一年；一六四二年爆发内战；一六四四年，诗人的长子"为了防止被焚毁"，将这本老手稿付印。《双重永生》长约二百页，德·昆西（《作品集》，第八卷第三十六页）如此概括：自杀即杀人之一种方式；教规学者们称自觉杀人区别于可开脱之杀人；按逻辑推理，这种区分也适用于自杀；同样，杀人者并非都是谋杀者，杀人者并非都是死刑犯。确实，这就是《双重永生》的表面论点：此书的副标题"在别无他法的情况下，自杀不一定是罪过"，就是这么说的。还有一份博大精深的目录，当中虚构的或真实的例子可以说明它，从荷马[2]，他"写过许许多多别人谁都无法理解的东西，据说他因为不能解开打鱼男孩的谜语而悬梁自尽"，到白鹈鹕，父爱的象征，还有蜜蜂，圣安布罗斯的《论六天创世》中说，"当它们违反蜂王的法规时即自戕"。这份目录洋洋三大页，我从中发现了那种虚荣：只收入令人费解的例子（"图密善的宠臣菲斯都为隐瞒皮肤病引起的疮疤而自裁"），却遗漏了其他有说服力的例子——塞内加[3]、地米斯托克利[4]、加图[5]——可能觉得他们太容易了吧。

1　他的确是位伟大的诗人，下面的诗句可以证明：
　　　请允许我挥动双手，送他们
　　　去四方周游，东南西北中，
　　　啊，我的美洲，我新发现的土地……
　　　　　　　　（《哀歌》，第十九首）——原注
2　参见《梅塞尼亚人阿尔凯奥斯的墓志铭《希腊文集》，第 7 卷第 1 章）。——原注
3　Seneca the Younger（前 5—65），古罗马哲学家、政治家和剧作家，史称小塞内加，尼禄的老师，因受谋杀尼禄案的牵连而自杀。
4　Themistocles（约前 524—约前 460），希波战争中希腊海军统帅，后遭政敌陷害，亡命小亚细亚。
5　Cato the Younger（前 95—前 46），古罗马政治家，史称小加图，庞培的支持者，在庞培被恺撒打败后逃往非洲，后自杀。

爱比克泰德[1]（"记住最根本的：门打开着"）和叔本华（"哈姆雷特的独白是一个罪犯的沉思吗"）用大量的篇幅来偏袒自杀；由于事先相信这些辩护士是有理的，我们读他们的书时就会粗心大意。同样的情况也发生在我读《双重永生》的时候，直到我看出，或者说以为看出了在明显的理由之后的内涵的或者说隐秘的理由为止。

我们永远无法知道，多恩写《双重永生》是想暗示这个隐秘的理由，抑或是对这种理由哪怕短暂或隐约的预感驱使他写作的。我觉得最可能的是后者，假定一本书像一份密码文件那样，要说 A 偏说 B，那是做作，而一本不完美的直觉所驱使的作品则不然。休·福赛特曾指出，多恩想用自杀来完成对自杀的维护；多恩转过这个念头，这是可能的，但若说这个念头足以解释《双重永生》，那当然是可笑的。

多恩在《双重永生》的第三部分，对《圣经》所述的自觉死亡作了思考。他对任何人的死亡都没有像对参孙那样用了大量的篇幅。他一开始就指出这个"人中典范"是基督的

1　Epictetus（约55—约135），古罗马新斯多葛派哲学家，奴隶出身的自由民，宣扬宿命论。

象征，似乎同时也是希腊大力士赫拉克勒斯的原型。弗朗西斯科·德·维多利亚和耶稣教徒巴伦西亚的格列高利不想把他列入自杀者中间；多恩为了驳斥他们，抄录了参孙在完成他的复仇前说的最后一句话：让我跟非力士人一起死吧（《士师记》，第十六章第三十节）。同时，多恩否定了圣奥古斯丁的推测，后者认为参孙撞断了神室的柱子，但别人的死和他自己的死却不是他的过失，他听从了圣灵的启示，"就像一把剑，剑锋所向取决于使剑者的安排"（《上帝之城》，第一章第二十节）。多恩在证明了这种猜测是毫无根据的之后，用贝内迪克特·佩雷伊拉的一句警句结束了这一章，他说，参孙在死时跟在其他活动中一样，都是基督的象征。

与圣奥古斯丁的论点相反，清教徒们则认为，参孙"出于魔鬼的暴力把自己同非力士人一起杀死了"（《西班牙的异教徒》，第五卷第一章第八节）；弥尔顿（《力士参孙》，尾声）则坚持说他是自杀的。我怀疑，多恩根本没有把这看作一个疑难问题，而只是把它当作一个比喻或一次演习。他不在乎参孙的事——他干吗要在乎呢——或者说，他只在乎参孙"作为基督的象征"。在《旧约》中，没有一位英雄不是被推向这样的权威。圣保罗认为，亚当是将要降临人间的基督形象；圣奥古斯丁认为，亚伯代表救世主的死，而他的兄弟塞特则代表复活；克维多认为，"基督的约伯是绝妙的设计"；多恩则用这个平庸的类比让读者懂得："前面的事，说到参孙的，完全可能是假的；说到基督的，是假不了的。"

直接谈到基督的那一章篇幅不长。只提到了《圣经》的两处地方：一句是"我为羊舍命"（《约翰福音》，第十章第十五节），还有一句是四位福音书作者那独特的措词——"将灵魂交付神"，意即"死亡"。这两处证明了那个经段——"没有人夺我的命去，是我自己舍的"（《约翰福音》，第十章第十八节）。由此推断，十字架上的酷刑并未杀死耶稣基督，实际上，他是带着他灵魂不凡而自觉的使命自尽的。多恩在一六〇八年写了这个推断；一六三一年在怀特霍尔宫的祈祷室里，他几乎奄奄一息了，他把这个推断插入了他所作的布道文中。

《双重永生》的公开目的是为自杀辩解，其根本目的则是指出基督是自杀的。难以置信甚至不可思议的是，为了说明这个论点，多恩只得借助圣约翰的经段，并且重复"气就断了"这个表达，毫无疑问，他并非刻意坚持这个亵渎神明的词。对基督徒来说，基督的生和死是世界历史的中心事件：以前的世纪是为它作准备，以后的世纪是它的反映。在用尘土造成亚当之前，在天穹将水上下分开之前，圣父已经知道圣子要在十字架上死去，为了使这未来的死亡有个舞台，他创造了天地。多恩指出，基督之死是自觉的死亡，这就是说，元素、世界、世世代代的人们、埃及、罗马、巴比伦、犹大都来自乌有，为了摧毁圣子。也许铁是创造出来做钉子的，棘刺是创造出来做荆冠的，血和水是创造出来做伤口的。这个巴罗克式的想法在《双重永生》背后可以隐约看到。这就是一个上帝创造世界仅是为了建造自己的绞刑架的想法。

在通读这篇短文后，我想起那个不幸的菲利普·巴茨，哲学史上称他为菲利普·曼朗德。他跟我一样是叔本华的热情读者。在叔本华的影响下（也许是在诺斯替教派信徒的影响下），他想象我们都是神的碎片，神渴望消失，在时间之初就开始自毁了。世界历史就是这些碎片的难以捉摸的垂死挣扎。曼朗德生于一八四一年，一八七六年出版他的著作《救世的哲学》，同年自尽。

黄锦炎 译

帕　斯　卡

　　我的朋友们告诉我，帕斯卡的思想促使他们思考。确实，世上没有什么东西不能引起思考。至于我，我从未觉得那些值得记忆的章节有利于解决它们所针对的想象中的或实际存在的问题。我更多地看到的是它们作为主语帕斯卡的谓语，作为帕斯卡的特征或表明其性质的形容词。因此，正如报仇雪耻的典型这个定义不能帮助我们理解其他人而只有哈姆雷特王子那样的人，"思考的芦苇"不能帮助我们理解其他人，但能理解一个人：帕斯卡。

　　瓦莱里指责帕斯卡有意做作；我觉得，事实是他的书没有反映一门学说或一个思辨过程的形象，却反映了一个迷失在时间和空间中的诗人的形象。因为在时间上，如果过去和将来都是无限的，那实际上就不存在什么时候；在空间上，如果一切离无穷大和无穷小都是等距离的，那也不存在什么地方。帕斯卡轻蔑地提到"哥白尼的见解"，但他的著作却反映了一个被逐出《天文学大成》的地球又在开普勒和布鲁诺的哥白尼宇宙中失去方向的神学家的眩晕。帕斯卡的世界就是卢克莱修的世界（也是斯宾塞的世界），但是使那个罗马人陶醉的无限却让这位法国人害怕。不过后者寻找上帝而前者想让我们摆脱对神的恐惧，这倒是确实的。

有人告诉我们，帕斯卡找到了上帝，但对此表露的欢乐不如表示的孤独更令人信服。在孤独中，他是无与伦比的；这里我们只要回忆一下布兰斯维克版那有名的二百零七段（"多少个王国我们一无所知"）和紧接着的另一段，其中说到了"我不知道的、不知道我的空间的无限广大"。在第一段中，王国那个字眼和最后那个轻蔑的动词使人感到惊讶；我曾经想，那个感叹句是源自《圣经》的。我记得还翻阅过《圣经》里要找的地方，也许根本就没有，但却找到了与这正好相反的话，找到了一个知道在上帝的监视下连内心都赤露无遗的人颤颤巍巍的话语。使徒说(《哥林多前书》,第十三章第十二节):"我们如今仿佛对着镜子观看,模糊不清。到那时,就要面对面了。我如今所知道的有限。到那时就全知道,如同主知道我一样。"

同样典型的是第七十二段的情况。在第二小段中,帕斯卡说,自然(空间)是"一个无限的圆球,其圆心无处不在,而圆周则不在任何地方"。帕斯卡找到了这个球体,在《拉伯雷》(第三卷第十三章)中,他说那是赫耳墨斯·特里斯墨吉斯忒斯的作品;在极富象征意味的《玫瑰传奇》中,他说那是柏拉图的话。这无关紧要,有意思的是帕斯卡用来定义空间的比喻是被他的前人(还有托马斯·布朗爵士在《一个医生的宗教信仰》中)用来定义神[1]的。帕斯卡关心的不是造物

---

1 据我回忆,历史虽然记载过偶像,但没有记载过有圆锥形的、立体的或金字塔形的神祇。相反,球形是完美的,适用于神(西塞罗《论神性》,第2卷第17节)。克塞诺芬尼和诗人巴门尼德都认为神是球形的。有些历史学家认为,恩培多克勒(第28节)和墨利索斯曾设想神是无限球体。奥利金认为死人会以球形复活,费希纳《天使的比较解剖学》把天使说成这种形状,即视觉器官的形状。

在帕斯卡之前,杰出的泛神论者布鲁诺(《论原因、本原与太一》,第5章)把特里斯墨吉斯忒斯的格言用到了物质宇宙上。——原注

主的伟大而是创造的伟大。

他用简洁的语言揭露混乱和贫困（"人们孤独地死去"），他是欧洲历史上最忧郁的人物之一，他把概率论的算法运用到辩论术中，是最浮华和不切实际的人之一。他不是个虔诚的信徒；他属于那种被斯威登堡谴责的基督徒，这种人认为天堂是一种奖赏，地狱就是一种惩罚，并习惯于忧伤地思考，而不懂得与天使们交谈。[1]

这个版本[2]想通过一个复杂的字符系统，重现手稿未完成的、粗糙的、模糊的样子。虽然目的是达到了，但是注解太简单。在第一卷第七十一页上，那七行字讲的是圣托马斯和莱布尼茨著名的宇宙学实验的内容；编者没有看出来，注释道："也许这里是帕斯卡引用的一个不信神的人的话。"

在有几篇文章的脚注中，编者引用了蒙田作品或《圣经》中的同类的话语，此项工作可以再扩大些。要解释"打

---

1 《天堂和地狱》，第 535 页。斯威登堡和伯麦（《灵智六论》，第 9 章第 43 节）认为，天堂和地狱是人类自由寻找的状态，不是惩罚机构和慈善机构。参见萧伯纳《人与超人》，第 3 幕。——原注
2 扎卡里·图纳尔版本（巴黎，1942）。——原注

赌说",可以引用阿辛·帕拉西奥斯(《伊斯兰的踪迹》,马德里,一九四一年)指出的阿诺比乌斯、西尔蒙和加扎利的文章;要解释反对绘画那个片断,可以引用《理想国》第十卷的那段话,里面谈到上帝创造了桌子的原型,木匠创造了那原型的模拟物,而画家则创造了模拟物的模拟物;要解释第七十二大段("我要他描绘无限……拥抱着原子的捷径……"),可引用他关于微观宇宙概念的设想,这种设想在莱布尼茨(《单子论》,第六十七节)和雨果作品(《蝙蝠》)中又被重新提到:

> 每颗微小的沙粒都是一个滚动的球,
>
> 就像拖着一群阴郁的人群的地球,
>
> 人群在互相仇恨、互相追逐。

德谟克利特认为,在无穷远处世界都是一样的,在那里一样的人毫无不同地经历着同样的命运;帕斯卡(他也可能受到阿那克萨哥拉的古老格言"万物存于各物之中"的影响)把这些相同的世界一个个套叠起来,这样,在空间中没有一个原子不包含着宇宙，没有一个宇宙不是一个原子。他肯定认为（尽管没有说出来），自己在其中不断地增殖。

黄锦炎 译

约翰·威尔金斯的分析语言

我查实，第十四版的《大不列颠百科全书》取消了有关约翰·威尔金斯的词条。如果我们回忆一下该词条的平庸（二十行文字都用来讲述他的生平：威尔金斯生于一六一四年，威尔金斯死于一六七二年，威尔金斯是普法尔茨选帝侯卡尔一世·路德维希的牧师，威尔金斯曾被任命为牛津一所学院的院长，威尔金斯曾为伦敦皇家学会的第一秘书等等），不列入该词条是正确的；如果考虑到威尔金斯的理论著作，不列入该词条则是要受谴责的。此人兴趣广泛：神学、密码书写、音乐、透明蜂窝制作、看不见的行星轨道、月球旅行的可能性、世界语的可能性和原理，关于最后一个问题，他写过一本书叫《关于真实符号和哲学语言的论文》（一六六八年）。我们国立图书馆里没有这本书；为写这篇文章，我查阅过赖特·亨德森的《约翰·威尔金斯的生平和年表》（一九一○年）、弗里茨·毛特纳的《哲学词典》（一九二四年）、西尔维亚·潘克赫斯特[1]的《特尔斐》（一九三五年）和兰斯洛特·霍格本的[2]《危险的思想》（一九三九年）。

我们每个人都曾经碰到过那种避不开的论战：一位夫人用一大堆的感叹词前言不搭后语地起誓赌咒说，luna 这个词远比（或不如）moon 这个词生动。除了单音节的 moon 也许比双音节的 luna 更适合表示一个极简单的事物这样明显的论据外，再没有什么可以丰富辩论内容了。除去那些复合词和派生词，世界上所有的语言（不包括约·马·施莱耶尔创造的沃拉普克语[3]和皮亚诺[4]创造的国际语）都是同样不生动的。西班牙皇家语言学院的《语法》每一版都强调自己是"极其优美的西班牙语生动得体而富有表现力的词汇的令人羡

1　Sylvia Pankharst（1882—1960），英国早期女权主义者、世界语学者。
2　Lancelot Hogben（1895—1975），英国生物学家、作家，曾设计一种叫"Interglossa"的国际辅助语。
3　Volapuk，1880 年由德国人施莱耶尔创造的通用语。
4　Giuseppe Peano（1858—1932），意大利数学家，国际语的创造者。

慕的宝库"，可这完全是自吹自擂，没有任何证明。首先，皇家语言学院自己每隔几年要编一部辞典，用来定义西班牙语词汇；而威尔金斯在十七世纪中期构想的世界语中，每个单词都能自我定义。狄德罗在一六二九年十一月的一封信中就曾指出，用十进制计数法，我们可以在一天中学会给所有的数量命名，直至无穷大，并将它们用一种新的语言即数字语言[1]写下来。他还建议组合一种类似的普遍性语言，用以组织和包容人类的全部思想。约翰·威尔金斯在一六六四年左右投入了这项工作。

他把万物分成四十大类或属类，然后下分中类，再下分为小类。每个大类以两个字母的单音节命名，每个中类为一个辅音字母，每个小类为一个元音字母。例如：de 表示元素；deb 表示第一个元素——火；deba 表示一小团火——火焰。在勒泰利耶类似的语言（一八五〇年）中，a 表示动物；

---

[1] 从理论上说，计数系统的数字是无限的。最复杂的（给神祇和天使们使用的）系统是用无穷多个符号构成的，每个符号表示一个整数；最简单的系统只要两个符号。零为 0，一为 1，二为 10，三为 11，四为 100，五为 101，六为 110，七为 111，八为 1 000……这是莱布尼茨受《易经》的八卦启发而发明的。——原注

ab 表示哺乳类；abo 表示食肉的；aboj 表示猫科的；aboje 表示猫；abi 表示食草的；abiv 表示马的等等。在博尼法西奥·索托斯·奥昌多的语言（一八四五年）中，imaba 表示楼房；imaca 表示闺房；imafe 为医院；imafo 为检疫所；imarri 为家；imaru 为乡间别墅；imedo 为桩；imede 为柱子；imego 为地面；imela 为房顶；imogo 为窗子；bire 为装订机；birer 为装订（以上资料摘自一八八六年在布宜诺斯艾利斯印刷的一本书——《世界语教程》，作者为佩德罗·马塔博士）。

约翰·威尔金斯的分析语言的词汇不是随意而笨拙的符号；他用来组成单词的每个字母都是有意义的，就像神秘哲学家眼里的《圣经》词语那样。毛特纳认为小孩可以学会这种语言而不知道它是人造的；长大后到了学校里，他们会发现这也是一把万能钥匙，一本暗藏的百科全书。

我们给约翰·威尔金斯的方法下了定义，剩下的就是要考察一个不能或者难以推迟的问题：作为那种语言的基础的四十个属类的价值。让我们看一下第八大类——石头，威尔金斯把石头分为普通的（燧石、碎石、石板），小型的（大理石、琥珀、珊瑚），珍贵的（珍珠、蛋白石），透明的（紫水晶、蓝宝石）和不溶的（煤、漂白土、砷）。几乎与第八大类同样令人吃惊的是第九大类。这一类显示金属可以是不完美的（朱砂、水银），人造的（青铜、黄铜），渣滓的（锯屑、铁锈）和自然的（黄金、锡、铜）。

美字出现在第十六类，那是一种胎生的、椭圆形的鱼。这种模棱两可、重复和缺陷使人想起弗兰茨·库恩博士对一部名为《天朝仁学广览》的中国百科全书的评价，书中写道，动物分为（a）属于皇帝的；（b）涂香料的；（c）驯养的；（d）哺乳的；（e）半人半鱼的；（f）远古的；（g）放养的狗；（h）归入此类的；（i）骚动如疯子的；（j）不可胜数的；（k）用驼毛细笔描绘的；（l）等等；（m）破罐而出的；（n）远看如苍蝇的。[1] 布鲁塞尔的国际目录学会也有过这样的混乱，把世间万物分成一千类，其中两百六十三类归属教皇；两百八十二类归属罗马基督教会；两百六十三类归属耶和华的日子；二百六十八类归属主日学；两百六十八类为摩门教；两百九十四类为婆罗门教、佛教、神道和道教。它不排斥不

---

1 法国当代哲学家米歇尔·福柯认为博尔赫斯引述的这段话是他写作《词与物》一书最初的灵感，见福柯《词与物》序言。

同类事物的混杂，例如第一百七十九类："残害动物。保护动物。以道德观点看决斗和自杀。各种恶习和缺点。各种美德和优点。"

我记录了威尔金斯、那位不知名的（或杜撰的）中国百科全书作者和国际目录学会的随意性；显然没有一种对万物的分类不是随意的、猜想的。原因很简单：我们不知道何为万物。大卫·休谟说过："世界也许是某个孩子气的神祇画的一幅草图，因为画得差劲而不好意思，画了一半就不画了；或是一位低级神祇的作品，高级神灵们总是笑他；或是一位已故的老神在年迈退休后做的乱七八糟的东西。"（《自然宗教对话录》，一七七九年，第五篇）我们甚至还可以走得更深远些，我们可以怀疑，"万物"这个雄心勃勃的单词所指涉的有机的、统一意义上的世界，是不存在的。如果它存在的话，就要推测其存在目的，推测上帝的秘密词典中的词汇、定义、词源和同义词。

然而，无法了解上帝对世界的构想，并不能让我们放弃规划人类的构想，尽管我们知道这是暂时性的。威尔金斯的分析语言不比那些构想更不值得赞美。虽然构成语言的大类小类之分相互矛盾、模糊不清，但用单词的字母来区分类别的方法无疑是巧妙的。鲑鱼这个词没有什么意义；但在威尔金斯的语言里相应的单词 zana，（对于熟悉四十大类及其分类法的人）其定义为一种有鳞的、红肉的淡水鱼。（从理论上讲，在一门语言中，让每个物体的名字指明其过去和将来的用途的每个细节，并不是不可想象的。）

撇开希望和空想，也许最说明问题的是切斯特顿谈到语言时说的下面一段话："人们知道在头脑中有比秋天的树林更令人目不暇接、数不胜数、不可名状的色彩……但他们相信，这些色彩及其一切搭配和变化，都能用高低不同的声音的随意性机制确切地表达出来。他们相信，从一个证券经纪人的内心，确实可以发出代表一切记忆的秘密和一切欲望的痛苦的声音……"（《乔治·弗里德里克·瓦茨》，一九〇四年，第八十八页）

黄锦炎 译

卡夫卡及其先驱者

　　我曾筹划对卡夫卡的先驱者作一番探讨。最初我认为卡夫卡是文坛前所未有、独一无二的；看多了他的作品之后，我觉得在不同国家、不同时代的文学作品中辨出了他的声音，或者说，他的习惯。不妨按时间先后举出几个例子。

　　第一个是芝诺关于运动不可分性的哲学悖论。一个处于A点的运动物体（根据亚里士多德定理）不可能到达B点，因为它首先要走完两点之间的一半路程，而在这之前要走完一半的一半，再之前要走完一半的一半的一半，无限细分总剩下一半；这个著名问题的形式同《城堡》里的问题一模一样，因此，运动物体、"飞矢不动"悖论中的飞矢和"阿喀琉斯追乌龟"中的阿喀琉斯就是文学中最初的卡夫卡的人物。

我浏览书籍时偶然发现的第二个例子，相似之处不在形式而在调子。那是马戈里埃编写的《中国文学萃选》（一九四八年）收入的九世纪散文家韩愈的一篇寓言。我标出的那段神秘而从容不迫的文章是这样的："普天之下都承认独角兽是吉祥的灵物；诗歌、编年史、名人传记和其他文章中均如此说。即使村野儿童和妇女也知道独角兽是吉利的征兆。但是这种动物不在家畜之列，不容易找到，也不好分类。它不像马牛狼鹿。在这种情况下，我们面前即使有头独角兽也不知道是何物。我们知道有鬃毛的动物是马，有角的动物是牛，但不知道独角兽是什么模样。"[1]

第三个例子的出处比较容易预料，就是克尔恺郭尔[2]的作品。两位作家思想上有相似之处是众所周知的事实；据我所

---

1 平民百姓不识和误杀神兽是中国文学的传统题材。参看荣格著《心理学与炼丹术》（苏黎世，1944），其中有两幅罕见的插图。
  博尔赫斯引用的文字出自韩愈的《获麟解》，相应的原文是："麟之为灵，昭昭也。咏于《诗》，书于《春秋》，杂出于传记百家之书。虽妇人小子皆知其为祥也。然麟之为物，不畜于家，不恒有于天下。其为形也不类，非若马牛犬豕豺狼麋鹿然。然则虽有麟，不可知其为麟也。角者吾知其为牛，鬣者吾知其为马，犬豕豺狼麋鹿，吾知其为犬豕豺狼麋鹿。惟麟也，不可知。不可知，则其谓之不祥也亦宜。……"——原注
2 Soren Kierkegaard（1813—1855），丹麦哲学家，现代存在主义哲学的创始人。

知，还未得到强调的一点是克尔恺郭尔像卡夫卡一样，大量运用了当代资产阶级题材的宗教寓言。劳里在他撰写的《论克尔恺郭尔》（牛津大学出版社，一九三八年）一书中引用了两则。一则是一个伪币制造者被迫在不断的监视下检查英格兰银行钞票的故事；上帝同样地不信任克尔恺郭尔，委派他执行的任务恰恰是让他习惯于罪恶。另一则的主题是北极探险：丹麦的教区神甫们在讲坛上宣称，参加此类探险有益于灵魂的永远健康；但是他们也承认，去北极十分困难，甚至不可能，不是所有的人都能进行这种冒险；最后他们宣布，无论什么旅行——比如说，乘全速前进的轮船从丹麦到伦敦，或者星期日搭公共马车去郊游——都可以被看做是真正的北极探险。

第四个原型我是在勃朗宁一八七六年发表的长诗《疑虑》中发现的。一个人有一位名人朋友，或者自以为有这么一位朋友，但从没有见过面，也从没有得到过他的帮助，他只是传说他一些非常高尚的行为，传阅他亲笔写的信件。有人对他的行为提出怀疑，笔迹鉴定专家证实那些信件是伪造的。那人在诗的末尾问道："难道这位朋友是上帝？"

我的摘记里还有两个故事。一个原载莱昂·布洛瓦的《不愉快的故事》，讲的是有几个人收集了大量地球仪、地图、火车时刻表和行李箱，但直到老死都未能走出自己的家乡小城。另一个是邓萨尼勋爵[1]写的题为《卡尔卡松》的短篇小说。一支所向无敌的军队从巨大的城堡出发，征服许多国度，见过奇兽怪物，翻山越岭，穿过沙漠，虽然望见过卡尔卡松，但从未能抵达。（显而易见，这个故事同前一个完全相反；前一个是从未走出小城，后一个是永远没有到达目的地。）

　　如果我没有搞错，我举的那些驳杂的例子同卡夫卡有相似之处；如果我没有搞错，它们又彼此各不相同。后一点意义尤其重大。这些例子的每一个或多或少都具有卡夫卡的特色，但是如果卡夫卡根本没有写作，我们就不至于觉察到这特色，也可以说，特色根本不存在。罗伯特·勃朗宁的诗篇《疑虑》预言了卡夫卡的作品，但是我们阅读卡夫卡时明显地偏离了阅读那首诗时的感受。当时的勃朗宁和我们现在所读的不一样。在文学批评的词汇里，"先驱者"一词是必不可少

1　Edward Plunkett（1878—1957），即邓萨尼男爵十八世，爱尔兰剧作家、短篇小说家。

的，但是要尽量剔除有关论争和文人相轻的联想。事实是，每一位作家创造了他自己的先驱者。作家的劳动改变了我们对过去的概念，也必将改变将来[1]。在这种相互关系中，人的同一性或多样性是无关紧要的。写作《沉思》的早期卡夫卡并不比勃朗宁或者邓萨尼勋爵更能影响写作阴森神话和荒诞制度的卡夫卡。

一九五一年，布宜诺斯艾利斯

王永年 译

---

1 参见托·斯·艾略特《观点集》（1941）第 25 至 26 页。——原注

论书籍崇拜

《奥德赛》第八卷中说，神编织了灾难，为的是让后代的人不缺嗟叹歌吟的题材；马拉美说，世界的目的就是为了一本书，他的话似乎重复了三千年前从美学角度为不幸辩解的概念。但是这两种目的论并不完全一致：希腊人的论点属于口头文学时代，法国人的论点属于书写文学时代。前者涉及说唱，后者涉及书籍。任何一部书对我们来说都是神圣的东西：塞万提斯也许没有听到人们所说的全部话语，但他"爱看书，连街上的破字纸都不放过"[1]。萧伯纳的一部喜剧里写到亚历山大城的图书馆遭到大火威胁，有人惊呼道人类的记忆将要焚毁，恺撒对他说："让它烧掉吧。那只是恶行的记忆。"依我看，历史上的恺撒只会或赞同或指责剧作家加在他身上的见解，但不会像我们一样，把它当作一句亵渎神明的玩笑话。

众所周知，毕达哥拉斯的学说从不形诸文字；西奥多·贡贝尔茨（《希腊思想家》，第一部第三章）辩护说，他之所以这样做是因为他认为口头教导效果更好。毕达哥拉斯只是消极回避，柏拉图则明确无误地说出了他的看法。他在《蒂迈欧篇》中说："发现宇宙的创造者和主宰不是轻而易举的事，一旦发现之后，也不可能向所有的人宣布。"在《费德鲁斯篇》里，他叙说了一个反对文字的埃及寓言（使用文字的习惯使人们不注意锻炼记忆，对符号产生依赖），说是书籍好像画出来的人形，"看来栩栩如生，但向他提问时，他却一言不发"。为了减少或者消灭这种不便，柏拉图想出了哲学对话的形式。老师可以选择徒弟，书本选择不了读者，而读者可能是愚蠢不肖的。柏拉图的这种顾虑在异教文人亚历山大的克雷芒的话里也存在："最谨慎的做法是述而不著，教学都口头进行，因为白纸黑字就成定论。"（《杂记》）在同一篇里，

---

1 参见塞万提斯作品《堂吉诃德》第 1 部第 9 章。

他又说:"在书里畅所欲言,等于是把一把剑交到小孩手中。"福音书里也有类似的说法:"不要把圣物给狗,也不要把你们的珍珠丢在猪前,恐怕它践踏了珍珠,转过来咬你们。"[1]这句话是口头讲学的大师耶稣说的,他生平只有一次用指头在地上画字,谁也没有见到那几个字是什么。[2]

亚历山大的克雷芒是在二世纪末说出他对文字的疑虑的;四世纪末,心理活动过程开始,几代人之后,达到了书写文字压倒口头语言、笔压倒口的顶点。一个偶然的机会促使一位作家确定了这一巨大过程开始的片刻(我称之为片刻,一点也不夸张)。圣奥古斯丁在他的《忏悔录》第六卷里写道:"安布罗斯阅读时眼睛盯着书页,全神贯注地琢磨意思,不出声,也不动嘴唇。谁都可以进他的房间,当时也没有通报来人的习惯,我们多次看到他默读,毫无例外,我们过一会儿

---

1 参见《圣经·新约·马太福音》第7章第6节。
2 参见《圣经·新约·约翰福音》第8章第3至11节:法利赛人带着一个行淫时被拿的妇人对耶稣说:"摩西在律法上吩咐我们把这样的妇人用石头打死,你说该把她怎么样呢?"他们说这话乃试探耶稣,要得到告他的把柄。耶稣却弯着腰用指头画字。他们还是不住地问,耶稣说:"你们中间谁是没有罪的,谁就可以先拿石头打她。"于是又弯着腰用指头在地上画字。法利赛人一个个的都走了,只剩下耶稣和站在当中的妇人。

便离开，心想他利用这短暂的间歇养养精神，不受外界事物的干扰，也不愿做别的事情，也许怕一个注意的听众要他解释一段晦涩难懂的文字，或者想和他探讨，这一来他就无法阅读许多书籍了。他的声音很容易嘶哑，我还认为这样默读是为了保护嗓子。不论他有什么目的，这样做肯定是好的。"公元三八四年前后，圣奥古斯丁是米兰主教圣安布罗斯的徒弟；三年后，他在努米底亚撰写自己的《忏悔录》时，还为那奇特的情景感到诧异：一个人在屋子里不出声地看书。[1]

那人略去了发音符号的阶段，从书写符号直接到达直感认识。他开创的默读的奇怪办法导致了奇妙的后果，许多年后，书籍的概念因之有了改变，书籍不再是达到目的的手段，而成了目的本身。（这个神秘的概念运用到世俗文学上决定了福楼拜和马拉美、亨利·詹姆斯和詹姆斯·乔伊斯的非凡命运。）与人们交谈、吩咐他们做什么、不准他们做什么的上帝

1　这段评论说明当时的习惯是大声朗读，以便更好地了解含义，因为那时的文字没有标点符号，词组也没有间隔，再说手抄本很缺，朗读给大家听，可以减轻或解决缺书的不便。卢奇安的对话集《驳无知的购书者》对 2 世纪时的那一习惯有所阐述。——原注

的概念，如今又加上了绝对的书或《圣经》的概念。在穆斯林的心目中，《古兰经》不仅仅像人们的灵魂或宇宙那样是真主的创造；而且像他的永恒或愤怒一样，是真主的特性之一。《古兰经》第八章说该经的原本，"众经之母"，存放在天国。经院派的阿尔·加扎利说："《古兰经》是抄本，用嘴念，用心记，但它的原本永远保存在天国中心，并不因抄写的书页和人们的理解而改变它的内容。"乔治·塞尔指出，《古兰经》无非是"众经之母"理念或者纯理论的标准型；加扎利可能借助《精诚兄弟会典》和阿维森纳传给伊斯兰教的标准来证实"众经之母"的概念。

犹太人比穆斯林更离奇。他们的《圣经》第一篇就有那句名言："上帝说，要有光，就有了光。"神秘哲学家们认为上帝这一指示的法力来自组成词句的字母。六世纪在叙利亚或者巴勒斯坦编的《创世之书》说，众军的耶和华、以色列的上帝和万能的主用从一到十的基数和二十二个字母创造了宇宙。毕达哥拉斯和扬布利科斯的教义是数字，是造物的工具或元素，而主张字母是造物的工具或元素则清楚表明了新的文字崇拜。《创世之书》第二章第二段说："二十二个基本字母：上帝把它们刻画、组合、掂量、调换，用它们生产了一切现有的和将有的事物。"然后它说明哪些字母对水、火、智慧、和平、恩惠、睡梦、愤怒具有支配的力量，比如说 K 那个能左右生命的字母如何形成宇宙中的太阳、日历中的星期三和人体的左耳。

基督徒们走得更远。神明写过一本书的想法，促使他们进而认为神明写过两本，另一本就是宇宙。十七世纪初，弗兰西斯·培根在他的《学术的进展》里声称，上帝给了我们两本书，以免我们犯错误；一是揭示他旨意的《圣经》，二是表明他力量的造化万物之书，后者是前者的钥匙。培根的用意远不是打个简单的比方；他认为世界可以分解为基本的形式（温度、密度、重量、颜色），这些数目有限的形式组成一张自然字母表，也就是用以写出宇宙大块文章的一系列字母[1]。

---

1 伽利略的著作中常有将宇宙比作书本的概念。法瓦罗编辑的选集第二部（《伽利略·伽利雷：思想、格言与评断》，佛罗伦萨，1949）题为《自然界之书》。我引用其中一段话："哲学写在那本一直打开在我们眼前的浩瀚无比的书里（也就是宇宙），但如果事先不学习那本书所用的文字、不识那些字母的话，是无法理解的。那本书的文字是数学，字母是三角形、圆圈，以及其他几何图形。"——原注

托马斯·布朗爵士在一六四二年写道:"我学习神学的书籍有两部:《圣经》和人所共见的、天地万物的公开手稿。在第一部书中没有看到的东西,可以在第二部书中发现。"(《一个医生的宗教信仰》,第一章第十六节)同一节里还说:"一切事物都不自然,因为自然界本是上帝的作为。"二百年后,苏格兰作家卡莱尔在多处,特别是评论卡廖斯特罗伯爵[1]的一篇散文里超越了培根的推测,断言宇宙历史是一部写到我们,而我们难以辨明和撰写的《圣经》。之后,莱昂·布洛瓦写道:"世界上没有一个人能说出他究竟是谁。谁都不知道他来这个世界干什么,他的所作所为、思想感情有什么目的,也不知道他自己真正的名字,他在光明之国表册里不朽的名字……历史是礼拜仪式上的长篇大论,其中每个小标点的重要性不低于整段整段的文章,但是它们各自的重要性是无法确定的,隐藏得很深。"(《拿破仑的灵魂》,一九一二年)按照马拉美的说法,世界为一本书而存在;布洛瓦却说,我们是一部神奇的书中的章节

---

1 Count Alessandro di Cagliostro(1743—1795),原名朱赛培·巴尔萨莫,意大利骗子、魔术师、冒险分子。

字句，那部永不结束的书就是世上唯一的东西：说得确切一些，就是世界。

一九五一年，布宜诺斯艾利斯

王永年 译

济慈的夜莺

那些阅读过英国抒情诗的人们，不会忘记约翰·济慈的《夜莺颂》，这位患痨病的、贫穷的、也许情场失意的诗人在一八一九年四月，他二十三岁时的一个晚上，于汉普斯特德的一座花园里写了这首诗。济慈在这座郊区的花园里，听到了奥维德和莎士比亚笔下的夜莺的永恒歌唱，感到了自己来日无多，便把死亡和那看不见的小鸟不死的婉转歌声相对照。济慈写过，诗人写诗应该像树长树叶那样自然；两三个小时里他就能写出一页极其优美、隽永的诗歌，事后几乎不必润色。据我所知，还没有人评价过其诗作的优点，但有人为他的作品作过注释。问题的症结就在倒数第二节诗句上。依赖环境的、难免一死的人对小鸟说，"饥饿的世代无法将你踩蹰”，他的声音现在听来就像古时的一个下午摩押女子路得在以色列的田间听到的。

西德尼·柯文（记者，斯蒂文森的朋友）在一八八七年出版的一本有关济慈的专著中，发现或者捏造了我提到的那节诗歌的难点。我抄录了他那段奇怪的声明："济慈用一个逻辑的错误，我认为也是一个诗歌的失误，把人类生命的短暂，他理解的个体生命，与鸟的生命的长久，他理解的物种生命，对立了起来。"一八九五年，布里奇斯重提了这一谴责；弗·雷·利维斯于一九三六年同意这种观点并加了注："当然，在这个观念中所包含的错误，证明使他接受谬误的那种情感的强烈程度……"济慈在他的诗歌的第一节中，称夜莺为森林女神，另一位评论家加罗德一本正经地援引了这一称呼说，在第七节中，鸟之所以是不死的，因为它是森林女神，是林间的精灵。艾米·洛威尔[1]则说得更正确些："有一点想象力或诗歌悟性的读者马上就能体会到，济慈并不是指正在唱歌的夜莺，而是指夜莺的种群。"我收集了五位现代和过去

1　Amy Lowell（1874—1952），美国诗人，著有《济慈传》。

的评论家的五种评论意见。我认为所有的意见中最不是无的放矢的是美国人艾米·洛威尔的，但我不同意她提出的把那天晚上生命短暂的夜莺与夜莺种群对立。我认为，这节诗歌的密码，真正的密码，在叔本华写的一段难懂的话中，尽管济慈本人从未读过这段话。

《夜莺颂》写于一八一九年。一八四四年，《作为意志和表象的世界》增补的第二卷出版。该书第四十一节写道："让我们坦率地自问，今夏的燕子是完全不同于第一个夏天那只的另一只吗？还有，在两只燕子之间，曾经千百万次地发生过从无到有又从有到无影无踪吗？我很清楚，要是我认真地向某个人保证，说现在在院子里玩耍的猫就是三百年前在同一个地点蹦蹦跳跳淘气的那只，他一定会认为我疯了；但我也知道，相信这只猫在本质上与三百年前那只全然不同，才是疯得更厉害。"这就是说，个体在某种程度上就是种群，济慈的夜莺也就是路得的夜莺。

济慈可以不无理由地说："我什么也不知道，我什么也没有读过。"他通过一本学生辞典猜透了希腊精神。这种猜测或是娱乐极其巧妙地证明，就是他，在一天晚上的一只隐蔽的夜莺身上看到了那只柏拉图式的夜莺。济慈也许不能为"典型"这个词下定义，但却把叔本华的论点提前了四分之一个世纪。

澄清了一个难点，剩下的就是要说明性质完全不同的第二个难点。加罗德、利维斯和其他人[1]为什么没有想到这显而易见的解释呢？利维斯是剑桥大学某学院的教授；十七世纪的剑桥聚集了一批剑桥柏拉图主义者，并在此为他们自己命名。布里奇斯写过一首柏拉图式的诗歌，题为《第四维》。光是罗列这些事件，似乎加深了这个谜团，如果我没有弄错的话，其原因在于不列颠思想中一些最本质的东西。

柯勒律治认为每个人天生不是亚里士多德派就是柏拉图派。后者认为阶级、秩序和属类就是现实，前者则认为那些都是普遍化的概念。对于后者来说，语言大概接近于一套符号，而对于前者来说，语言则是世界的地图。柏拉图主义者知道，世界在某种程度上就是一种和谐，一种秩序；这种秩

---

1 在这些人中应该加入天才诗人威廉·巴特勒·叶芝，他在《驶向拜占庭》的第一节中，讲到"死去的一代代"鸟，有意或无意地提到了颂歌。参见托·赖·亨恩《孤塔》，1950，第211页。——原注

序对于亚里士多德主义者来说，可以是由我们的片面认识而产生的一种错误或虚构。在各个地区和各个时代，那两派不朽的对垒者变换着语言和姓氏：一派有巴门尼德、柏拉图、斯宾诺莎、康德、弗朗西斯·布拉德利；另一派有赫拉克利特、亚里士多德、洛克、休谟、威廉·詹姆斯。在中世纪争斗不休的玄学中，人人都援引"智者们的导师"（《飨宴》，第四章第二节）亚里士多德，但唯名论者是亚里士多德，而现实主义者却是柏拉图。十四世纪的英国唯名论在十八世纪英国认真的唯心主义运动中重新崛起；奥卡姆"如无必要，勿增实体"的思维经济原则，引出或者说预先展示了那句也有所指的话——"存在就是被感知"。柯勒律治说，人生来不是亚里士多德派就是柏拉图派，而英国的头脑可以说生来就是亚里士多德派的。对这种头脑来说，现实的东西不是抽象的概念，而是个体；不是那只泛指的夜莺，而是那些具体的夜莺。当然，《夜莺颂》在英国不能被直接理解，也许是不可避免的。

希望没有人从上面的话中理解出非难或轻蔑之意。英国人不接受泛指的东西，因为他们觉得个体是不可变化的、难以同化的和无双的。是伦理上的顾忌而不是思维上的无能，妨碍他们像德国人那样与抽象打交道。他们不理解《夜莺颂》，这种可贵的不解，使他们成为洛克、贝克莱和休谟，并在四十年之后，写出闻所未闻的、预言式的警告——《国家权力与个人自由》[1]。

夜莺在全世界所有语言中都有一个好听的名字（nightingale、nachtigall、usignolo）[2]，似乎人们本能地希望这些名字与它让人惊奇的歌声相配。诗人们把这歌声赞美得过了头，现在反而有点不真实了，让人觉得那歌声不像百灵鸟倒像天使。从《埃克塞特书》中的撒克逊谜语（"我，傍晚的老歌手，在庄园里为贵族们带来欢乐"），到斯温伯恩的悲剧长诗《阿塔兰忒在卡吕冬》，这只夜莺一直在英国文学中无休无止地歌唱，乔叟和莎士比亚赞美过它，还有弥尔顿和马修·阿诺德，但是，我们死心眼地像把威廉·布莱克与老虎的形象联系在一起那样，把约翰·济慈和它的形象联系在一起。

黄锦炎 译

1　赫伯特·斯宾塞作品。
2　分别是英文、德文和意大利文对"夜莺"的称呼。

谜 的 镜 子

认为《圣经》（除了有文学价值外）具有象征意义的想法，并不缺乏理性，而且是由来已久的：亚历山大的斐洛[1]、神秘哲学家们和斯威登堡都有这种想法。因为《圣经》所述的事都是真实的（上帝就是真理，真理是不能捏造的，等等），我们应该同意，而人们实施这些事，就是在盲目地排演上帝确定并预先策划的一部秘密的戏剧。由此可以想到，世界历史——其中包括我们的生命以及生命中最微小的细节——有一种无法推测的、象征性的价值，不存在一段无限的过程。许多人应该曾经经历过这个过程，但没有人像莱昂·布洛瓦那么惊人。（在诺瓦利斯的心理学文章和梅琴[2]的自传第三卷《伦敦奇遇》中，均有类似的假设：外部世界——各种形态、各种温度、月亮——是人们忘却了的或只勉强会拼写的语言……德·昆西[3]也说过："甚至地球上的各种非理性的声音也应该是各种代数和语言，在某种程度上有各自的钥匙，即它们的严格的语法和句法，因此，世界上最小的东西可能是大东西的秘密的镜子。"）

圣保罗的一个经段（《哥林多前书》，第十三章第十二节）启发了莱昂·布洛瓦：Videmus nune per speculum in aenigmate：tunc autem facie ad faciem. Nunc cognosco ex parte：tunc autem cognoscam sicut et cognitus sum[4]。托雷斯·阿马特糟糕地把它译成了："如今我们只是像在镜子里那样看到上帝，形象是模糊不清的；但到时候我们将面对面看到他。现在我只能有限地认识他，但到时候我可以清楚地认识他，就像主知道我一样。"他用了四十四个词来翻

1　Philo of Alexandria（约前20—约40），即斐洛·尤迪厄斯，犹太哲学家、政治家。

2　Arthur Machen（1863—1947），英国小说家。

3　参见《作品集》，1896，第一卷第129页。——原注

4　《圣经》和合本中译为：我们如今仿佛对着镜子观看，模糊不清。到那时，就要面对面了。我如今所知道的有限。到那时就全知道，如同主知道我一样。

译只有二十二个单词的话，够啰嗦和无力的了。西普里亚诺·德·巴莱拉译得则比较忠实："我们如今是对着镜子看，模糊不清，到时候，就要面对面了。如今我所知道的有限，到时候就全知道了，如同主知道我一样。"托雷斯·阿马特认为此经段是指我们对神灵的视觉；西普里亚诺·德·巴莱拉（以及莱昂·布洛瓦）则认为是泛指我们的一般视觉。

据我所知，莱昂·布洛瓦对于镜子的推断不是一成不变的。在他作品的片断中（大家都知道，他的作品中充满了抱怨和辱骂），不同的阶段有不同的说法。这里是我从《忘恩负义的乞丐》、《衰朽的蒙田》和《卖不掉的货色》充满怨气的文章中摘出的几段话。我相信摘得不完全；希望研究莱昂·布洛瓦的哪位专家（我不是）来补全和纠正。

第一段是一八九四年四月写的。我翻译如下："圣保罗的警句'Videmus nume per speculum in aenigmate'应是'一扇天窗让我们潜入那真正的深渊'，即人的灵魂中去。天空的深渊那可怕的无限是一种想象，是我们在一面镜子中感受到的我们自己的深渊。我们应该把眼光倒过来，对上帝愿为之而死的、我们内心的无限，作一番高尚的天文观察……如果我们看到银河，那是因为它确实存在于我们的心灵之中。"

第二段是同年十一月份写的："记得我很早就有过一个想法，沙皇是一亿五千万人的领袖和精神父亲。巨大的责任只是表面的，也许在上帝面前，他只是对少数几个人负责。如果在他的统治期内，他的帝国里的穷人受压迫，如果他的统治结果成了巨大的灾难，谁知道给他擦皮鞋的仆人不是真正的、唯一的罪魁祸首呢？在深渊的神秘安排下，究竟谁是真正的沙皇，谁是国王，谁可以自诩是一个纯粹的仆人呢？"

第三段是十二月份写的一封信："一切都是象征，甚至连最撕心裂肺的疼痛亦然。我们是在梦中呼喊的熟睡者。我们不知道使我们伤心的东西是不是事后的欢乐的秘密开端。圣保罗说，我们现在看世界是 per speculum in aenigmate，字面意义为'通过一面镜子看谜'，而且一直要看到一切都在火焰中的、应该教我们重新认识一切事物的时刻来临。"

第四段是一九〇四年五月份写的："圣保罗说，per speculum in aenigmate。我们看一切事物都是相反的。我们以为在给予，其实在接受，等等。因此（一个亲爱的痛苦的灵魂对我说）我们是在天上，而上帝则在人间受罪。"

第五段写于一八〇八年五月："乔安娜关于 per speculum 的想法是可怕的。在这个世界里的享乐，反过来从一面镜子中看，却是地狱中的受难。"

第六段写于一九一二年。在《拿破仑的灵魂》一书的每页中都有，此书的目的是解读拿破仑的象征，把他看做另一个英雄——隐藏于未来的人，也是象征性的。我只举两个段落。一个是："每个人都在地球上象征自己不知道的什么东西，在充当一粒微尘或一座高山，它们的看不见的材料被用来建造上帝之城。"另一个片断："世界上没有一个人能说出他究竟是谁。谁都不知道他来这个世界干什么，他的所作所为、思想感情有什么目的，也不知道他自己真正的名字，他在光明之国表册里不朽的名字……历史是礼拜仪式上的长篇大论，其中每个小标点的重要性不低于整段整段的文章，但是它们各自的重要性是无法确定的，隐藏得很深。"

也许读者们认为，前面几段话全是布洛瓦的功绩。据我所知，他从来不在意对这些内容进行的推理。我敢说，从教义来看，这些都是可信的，甚至是无可置疑的。（我重申）布洛瓦所做的，就是把犹太神秘哲学家研究《圣经》的方法应用于《创世记》。犹太哲学家们认为，由圣灵口述的作品是绝对的文本：在这文本中偶然性的参与可以说为零。这是一本排斥任何偶然性的书，一本作为无限意志作用机制的书。正是这一前提，驱使他们去调换《圣经》上的词语，统计字母的数值，注意其形状，分析大写字母和小写字母，寻找离合体、拆拼词和运用其他可笑的精密诠释方法。他们的辩护词就是，在一个无限智能[1]的作品中没有什么是偶然的。莱昂·布洛瓦假设，那种象形字——那种天书般的文字、天使的密码文字——存在于每时每刻，存在于世界上的一切事物中。这位迷信者认为自己破译了这种文字：十三个同桌用餐的人联系起来就是死亡的象征；一块黄色的蛋白石是不幸的象征……

不相信的人要说，世界具有意义，这是值得怀疑的，而更值得怀疑的是世界具有两个和三个意义。我理解这话是对

---

1 什么是无限智能？也许读者要问。没有一个神学家不给它下定义，但我喜欢举个例子。一个人的经历，从他出生的那天到去世之日，会在时间上画出一个难以理解的图形。神的智能立即会直感到这个图形，一个人的图形就是一个三角形。这个图形在世界的布局上（也许）起着特定的作用。——原注

的，但我认为布洛瓦提出的象形文字世界对于神学家们的智能和上帝的尊严而言，是再合适不过的。

莱昂·布洛瓦说，没有人知道自己是谁。没有人像他那样，是来揭示这隐秘的无知的。他自认是严格的基督徒，但却是神秘哲学的继承人，异教创始人斯威登堡和布莱克的秘密兄弟。

黄锦炎 译

两　本　书

　　威尔斯[1]的最后一本书——《新世界指南，建设性的世界革命手册》——初看似乎有被认为纯粹是一部谩骂百科全书的危险。在这本可读性很强的书中，他谴责希特勒"像一只被挤压的兔子似的尖叫"；骂戈林是"城市的毁灭者，第二天清扫碎玻璃并重温前一天晚上的功课"；骂艾登[2]是"国联中典型的伤心鳔夫"；他骂"荒唐的英国陆军元帅艾恩塞德"；骂法国军队的将军们"被自觉无能、被捷克斯洛伐克生产的坦克、被步话机的声音和噪音、被几个骑自行车的信使打败了"；他骂"明显的失败情绪"；骂南爱尔兰是"怨气十足的大杂院"；骂英国外交部"好像不遗余力地要让已经战败的德国赢得这场战争"；骂塞缪尔·霍尔[3]爵士是"智力上和精神上的傻瓜";骂美国人和英国人"背叛了西班牙自由党人的事业";他骂那些认为这场战争"是一场意识形态之战"而不是一张"针对目前混乱"的罪恶处方的人;骂那些认为只要赶走或消灭戈林和希特勒等魔鬼世界就如天堂一般的糊涂虫。

我收集了一些威尔斯的骂人话:文字上并不是值得记忆的,有些我觉得有欠公正,不过倒是说明他的仇恨或者愤怒是不偏不倚的。同时,也说明在一场战争的中心时刻,作家们在英国享受到的自由。更重要的是,这种骂骂咧咧的坏心情(我只举了一小部分,不难增加个三四倍)是那本革命教科书的教义。这种教义可以归纳为这样的明确抉择:英国要么把自己的事业与一场普遍的革命事业(成立一个联邦的世界)一致起来,要么不可能取得胜利,胜利了也没有用。第十二章(第四十八至五十四页)确定了新世界的基本原则,最后三章讨论了一些枝节问题。

不可思议,威尔斯不是纳粹。说不可思议,因为他的

---

1 指英国作家赫伯特·乔治·威尔斯。
2 指英国政治家安东尼·艾登。
3 Samuel Hoare（1880—1959），英国政治家。

同时代的人几乎都是纳粹，尽管他们不承认或者不知道。从一九二五年起，没有一个报刊撰稿人不认为，出生在某个国家、属于某个人种（或者人种的好的组合）不是一种稀有的特权和一种足够有力的护身符，这是必然的、毫不足怪的事实。民主的辩护士们自认为完全不同于戈培尔，却与敌人用同一套术语，敦促他们的读者倾听同一颗听命于血统和土地的心脏发出的心声。我记得，在西班牙内战时期有过一些无法解释的辩论：一些人自称是共和主义者，另一些人是民族主义者，还有一些是马克思主义者；所有的人都用占领军地方长官的语汇，谈论着人种和民族，甚至举着镰刀和斧头的人们都成了种族主义者……我还有点吃惊地记得一次为了驳斥反犹太主义而召开的大会。我不是反犹太主义者，有好几个原因，最主要的是这个：犹太人和非犹太人的区别，一般来说是很小的，有时只是想象中的或是感觉不出来的。那天，没有人同意我的意见；所有人都发誓说，一个德国犹太人和一个德国人有很大的区别。我提醒他们阿道夫·希特勒就是这么说的，没有用；我暗示说，一个反对种族主义的大会不能容许优等人种理论，也没有用；我引用了马克·吐温的精辟的宣言——"我不问一个人是什么人种,只要是一个人就够了;谁也不可能比这更坏"(《败坏哈德莱堡的人》,第二百零四页)——还是没有用。

在这本书中,如同在其他书(《智人的命运》,一九三九年;《战争与和平的常识》,一九四〇年)中一样,威尔斯呼吁我们要想到我们基本的人类本质,要克制我们不幸的差异特征。说实话,这种克制并不过分:只不过为了更好地共处,要求各国,就像要求个人那样,要有基本的礼貌。"谁也不会在他正直的理念中,"威尔斯说,"认为大不列颠人是一个优等民族,一个最高贵的纳粹人种,要去跟德国人争夺世界霸权。这里(拥有美国人支持的英国)必须是人类斗争的前线,否则就什么也不是了。这个责任也是一种特权。"

《让人民思考》是伯特兰·罗素的一部杂文选集的标题。威尔斯在我评论的那部作品中,要求我们摒弃地理、经济或人种方面的偏见来重新审视历史;罗素也作过普世的劝告。在《自由思想与官方宣传》一书的第三篇文章中,他建议在小学里要教授不轻信报章的阅读方法。我认为这个苏格拉底式的命题不是没有用处的。在我认识的人中,很少有人懂得这样阅读。他们被铅字或句法的技巧所蒙骗，他们之所以认为一件事发生过，是因为它被用大号黑体字印了出来，他们不愿意明白"入侵者多次妄图越过 B 地，均被挫败，伤亡惨重"的说法其实只是委婉地承认 B 地失陷而已。更糟的是：他们还要偷换概念，以为写的东西引起恐怖就是亲敌……罗素建议，国家应设法给人们作对抗这种苗头、对抗诡辩论的免疫治疗。例如，他建议让学生通过《总汇通报》公然鼓吹胜利的简报，来学习拿破仑的败绩，并布置这样的作业：等他们学完了英国人写的跟法国人打仗的历史，马上用法国人的眼光重写这段历史。我国的"民族主义者们"已经在使用这种悖论法：教阿根廷历史用的是一种西班牙人的观点，而不是克丘亚人[1]或是克兰迪人[2]的观点。

此外，那篇题为《法西斯主义的谱系图》的文章也相当精辟。作者一开头就提出一个观点，政治事件来自于很久以前的思考，一种学说从宣传到实行中间相隔很长的时间。所以，那让我们愤怒或激动、又常常把我们击垮的"炽

1 Quechua，南美印第安人。
2 Querandí，南美印第安人。

烈的现实"，只不过是过去的演说的不完美的反射。以其公开的军队和秘密的特务使人望而生畏的希特勒，只是卡莱尔（一七九五年~一八八一年）甚至费希特（一七六二年~一八一四年）的同义反复；列宁则是卡尔·马克思的翻版。因此，真正的知识分子都回避同时代的论战：本质的存在总是超越时代的。

　　罗素把法西斯的理论归咎于费希特和卡莱尔。费希特在有名的《对德意志民族的演讲》第四、五讲中提到，德国人优越的依据是不间断地拥有一种纯洁的语言。这种推理具有无穷的欺骗性。我们可以推断，在地球上不存在一种纯洁的语言（即使词汇是纯洁的，其意象也是不纯洁的；即使语言纯正癖们说"体育"，其意象却是 sport[1]）；我们可以想见，德语不如巴斯克语或者霍屯督语纯洁。我们甚至可以试问，为什么没有搀杂的语言就好呢……卡莱尔的贡献要更复杂、更令人信服些。他于一八四三年写道，民主是因为找不

1　西班牙语中，"体育"为 deporte。英文为 sport，原为 dis port 的简写，源于盎格鲁－日耳曼语"desporter"，意为"搬运"，引申为"娱乐"、"消遣"，直到 19 世纪中叶才有今天的意义。

到能领导我们的英雄而绝望的表现。一八七〇年他欢呼"耐心、高尚、深沉、团结、富有同情心的德国"战胜了"好吹嘘、爱虚荣、乱比手势、争胜好斗、焦躁不安、神经过敏的法国"(《杂记》，第七卷第二百五十一页)。他赞美中世纪，他谴责议会那些清谈之风，他维护雷神托尔、征服者威廉、诺克斯[1]、克伦威尔、腓特烈二世、沉默寡言的弗朗西亚博士和拿破仑的声誉，他渴望有一个"没有配备选举箱的、混乱的"世界，他憎恶废除奴隶制，他建议把雕像——对青铜的可怕误用——改造成有用的青铜浴缸。他赞扬死刑，他主张每个城镇有一个兵营，他夸奖并捏造了一个条顿人种。谁想了解其他咒语或崇拜语，可以一读《过去和现在》(一八四三年)和《现代短论》(一八五〇年)。

罗素总结说："在某种意义上，说十八世纪初的氛围是理性的，而我们时代的氛围是反理性的，是有道理的。"要我说，句子开头那个羞怯的副词短语可以删掉。

黄锦炎 译

---

1 John Knox（1514—1572），苏格兰宗教改革领袖。

对一九四四年八月二十三日的注解

那个群情欢呼的日子使我产生三个不同性质的惊奇：当别人告诉我巴黎解放了时，我会高兴得浑身舒畅；发现集体的情绪也可能是卑鄙的；许多希特勒的信徒神秘而明显地感到兴奋。我知道要调查兴奋的原因就要冒风险，人家会觉得我像一个徒劳的水文地理学家，在调查为什么一块红宝石足以挡住一条河的水流。许多人会指责我在调查凭空想象的东西。可是，这的确发生过，成千上万在布宜诺斯艾利斯的人可以作证。

从一开始我就知道，去问那些当事者本人是无济于事的。那些善变者们，因为惯施变术，已经完全没有对行为的不一致应当说明理由的概念：他们崇拜日耳曼人种，但讨厌"撒克逊”的美洲；他们谴责凡尔赛的条约，却欢迎"闪电战"的奇迹；他们是反犹太主义者，但信奉起源于希伯来的宗教；他们赞美潜艇战，但激烈地指责英国的海盗行径；他们控诉帝国主义，却维护和宣扬生存空间论；他们把圣马丁奉为偶像，但又说美洲的独立是个错误；他们用耶稣的教规来衡量英国的行动，却用琐罗亚斯德教[1]的教义去评价德国的行为。

我也考虑过，宁愿心存怀疑，也比同那些与混乱有亲缘关系的人谈一次话而被他们搞迷糊强。他们无数次地重复着那句装模作样的套话"我是阿根廷人"，使别人不再用廉耻和同情去要求他们。另外，弗洛伊德不是论证过，沃尔特·惠特曼不是曾预感到，人们对自己的行为的深层动机知之甚少吗？也许，我想，巴黎和解放两个符号的魔力之强大，使那些希特勒的信徒忘记了这是他们的军队的一次失败。想烦了，我就选择了一种假设，那就是投机善变、恐惧和单纯的顺应现实是问题最可信的解释。

以后的几个晚上，一本书和一个回忆使我豁然开朗。那

1　Zoroqster，也称祆教、拜火教和波斯教，由古代波斯的琐罗亚斯德（约前628—约前551）创立。

本书是萧伯纳的《人和超人》：我指的是关于约翰·坦纳的玄奥梦境的那个章节，里面说地狱的可怕在于它的非现实性；这个理论可与另一位爱尔兰人约·斯·埃里金纳的论点相对照，他否认实际上存在罪和恶，并宣称，一切创造物，包括魔鬼，都将回归上帝。至于回忆，是有关那个美好的、被八月二十三日反过来诅咒的日子：一九四〇年六月十四日，一个亲德分子，我不愿想起他的名字，在那天走进我的家，站在门口宣布了一个大消息：纳粹军队占领了巴黎。我体会到一种悲哀、厌恶和难受混在一起的感觉。有些我不理解的东西阻挡了我，得意忘形而傲慢无礼不能解释他为何用大嗓门粗暴地宣布消息。他还说，军队很快将打进伦敦。任何反抗都是徒劳的，没有什么可以阻挡他们的胜利。这时我才懂得，他也被吓坏了。

我不知道我说的事是否需要阐释。我认为可以这样解释：对于欧洲人和美洲人来说，有一种——只有一种——可能的秩序，它以前被称为罗马秩序，现在叫西方文明。充当纳粹（玩穷兵黩武的野蛮游戏，扮演北欧海盗、鞑靼人、十六世纪的征服者、高乔人和红色人种）从长远观点看，是一种精神障碍和道德障碍。纳粹主义患了脱离现实的毛病，就像埃里金纳说的地狱，那是不能居住的；人们只能为它去死，为它说谎，为它厮杀，为它流血，谁也不能在他内心的孤独中渴望获胜。我斗胆猜测：希特勒希望自己被打败。希特勒在冥冥中与躲不开的军队配合把自己消灭，就像铁鹰和龙（不应该忘记它们是魔鬼）神秘地配合了赫拉克勒斯。

黄锦炎 译

关于威廉·贝克福德 * 的《瓦提克》

 　　王尔德说过下面这则有关卡莱尔的笑话：他写了一部绝口不谈米格尔·安赫尔的作品的米格尔·安赫尔传记。现实是如此复杂，而历史却是如此简略。一位博学的评论家可以给一个人写不定数量的、几乎是无限部的传记，每一部突出一些独立的事实。我们很可能要读过许多之后才意识到原来主人公是同一个人。我们随便简化一个人的生平：假定它由一万三千个事件组成；在假设的传记中，一部可以记载事件十一、二十二、三十三……另一部写九、十三、十七、二十一……另一部写三、十二、二十一、三十、三十九……我们也可以构思一部专写此人的梦想；另一部写他全身的器官；另一部写他说过的谎言；另一部写他用于想象金字塔的

所有时刻；另一部写他与黑夜和拂晓的交流。前面说的可能
被认为完全是想象。不幸的是，这不是想象。谁也不甘心写一
位作家的文学传记，写一个军人的军事传记；大家都喜欢写
家族传记、经济传记、心理分析传记、外科传记、印刷传记。
有一本写爱伦·坡的传记，三十二开本，洋洋七百页；作者
醉心于写他搬了几次家，却难得在书中找到有关大旋涡和
《我发现了》[1]的宇宙起源学。另外一个例子：一部有关玻利
瓦尔的传记，在前言中奇怪地坦言说："本书与作者写的有关
拿破仑的传记一样，极少提到战争。"卡莱尔的笑话预言了我
们的当代文学，一九四三年，真有一部写米格尔·安赫尔的
传记，只是有几处提到了米格尔·安赫尔的作品。

　　因为翻阅最近一部关于威廉·贝克福德（一七六○
年～一八四四年）的传记，才引出了上面这些想法。出生于
放山居的威廉·贝克福德，是一个极其平凡的百万富翁、大
老爷、旅行家、藏书家、豪宅建造者和放荡的人；他的传记
作者查普曼解读了（或者试图解读）他错综复杂的生平，但

* William Beckford(1760—1844)，英国小说家、艺术收藏家。
1　爱伦·坡的散文诗作。

对《瓦提克》没有作一点分析，而威廉·贝克福德的名气却是来自这本小说的最后十页。

我对照过关于《瓦提克》的好几篇评论。此书一八七六年再版时，马拉美在他的序言中作了许多好的评论，比如他指出小说一开始在一座塔楼的屋顶平台上展开，从那里可以看透苍穹，而结尾则在一个中了魔法的地窖里；但他同时也指出因为是用法国一种方言词语写的，所以这本书读起来不舒服甚至有时读不懂。贝洛克（《与天使交谈》，一九二八年）认为贝克福德缺乏理性，并把他的杂文与伏尔泰的杂文作比较，认为他是那个时代最卑劣的小人之一。也许，最中肯的评价是圣茨伯里在《剑桥英国文学史》第十一卷中的评价。

寓言小说《瓦提克》基本上不复杂。瓦提克（阿拔斯王朝第九代哈里发）建了一座巴比伦塔来解读行星。行星昭示将要发生一连串的奇迹，奇迹的使者是一个举世无双的人，他来自一个不知名的地方。一个商人来到帝国的首都：此人的相貌凶悍无比，以至卫兵们只能闭着眼睛把他带到哈里发面前，商人卖给哈里发一把弯刀，然后就消失了。弯刀刀面上刻着一些神秘的字，那些字不断变化，引得哈里发十分好奇。有一个人（后来他也失踪了）破译了这些文字。某一天，那些字的意思是，"我是一个一切都是宝贝的地方的一件最小的宝贝，配给地球上最大的君主佩带"；另一天则是，"那妄想知道不该知道的事的人真可怜"。哈里发信了巫术。商人的声音在黑暗中建议，让他背弃伊斯兰教信仰而崇拜黑暗的威力。如果他做到了，就可以畅通无阻地进入地火的城堡。在城堡的拱顶下，他可以欣赏星辰许诺给他的宝物、征服世界的法宝、亚当之前的苏丹们和所罗门的王冠。贪婪的哈里发顺从了。商人要求他杀四十个活人祭神。经过了许多血腥的岁月，瓦提克坏事做尽心黑透，他来到一座秃山前。大地开裂了，带着恐怖和希望。瓦提克下到了世界的底层。一群默默无声、脸色苍白的人目不斜视地在一座走不到尽头的宫殿的豪华走廊里游荡。商人没有骗他：地火的城堡里有的是珍玩异物和法宝，但同时又是地狱。（在与此类似的浮士德的故事和此前中世纪的许多传说中，地狱是惩罚那些与恶神订了契约的罪人的，而在这部小说中，地狱既是惩罚又是诱惑。）

圣茨伯里和安德鲁·兰宣称或暗示，想出"地火的城堡"

是贝克福德最值得骄傲的成就。我认为，这是文学中第一个真正残酷的地狱。[1]我斗胆提出这样的悖论：文学中最出名的地狱，《神曲》中的痛苦王国，不是一个残酷的地方，而是一个发生残酷的事情的地方。这两者是有区别的。

斯蒂文森（《梦的一章》）讲到过，在他童年的梦境里，有一种讨厌的棕褐色色调老是纠缠着他。切斯特顿（《名叫星期四的人》，第四章）想象，在世界的西部边缘也许有一棵树，已经超越并且不成为一棵树了，而在东部边缘有什么东西，一座塔，单说它的建筑就是邪恶的。爱伦·坡在《瓶子中的手稿》中谈到一片南极海，在那里船体会像水手的身体一样长大；梅尔维尔在《白鲸》中用了许多页文字来描述那条鲸鱼令人难以忍受的白色的可怕……我举了那么多例子，也许足以说明，但丁的地狱显示了一座监狱的壮观；而贝克福德的地狱则显示了一个噩梦的隧道。《神曲》是一切文学中最令人信服、最扎实的一本书；而《瓦提克》完全是一种新奇的东西、细微的芳香和恳求。但是，我认为，《瓦提克》

---

1 我得说，在文学中，神秘主义的东西除外，斯威登堡的那个自行选择的地狱（《天堂与地狱》）出现得更早一些。——原注

虽然用了简陋的方式，却预演了德·昆西、爱伦·坡、波德莱尔和于斯曼的魔鬼般的光彩。英语中有一个无法翻译的形容词 uncanny，专指超自然的恐怖。这个形容词（德语中是 unheimlich）可以用来形容《瓦提克》的某些片段：根据我的回忆，在它之前还没有一本书配用这个形容词。

查普曼指出有几本书曾经影响过贝克福德：巴特兰米·赫伯特的《东方文库》、汉密尔顿的《四元数基础》、伏尔泰的《巴比伦公主》、加朗一向遭人诋毁又令人钦佩的《一千零一夜》。在这份书单里，我可以加上皮拉内西的《监狱》；这是贝克福德所赞扬的蚀刻版画，画面上是宏伟的楼宇，同时又是错综复杂的迷宫。贝克福德在《瓦提克》的第一章中，罗列了五幢大楼，分属于五种感官，而马里诺在《阿多尼斯》中曾描写过类似的五座花园。

威廉·贝克福德只用了一七八二年冬天的三个白天和两个晚上便创作出了这部哈里发的悲惨故事。他是用法语写的。塞缪尔·亨利于一七八五年将小说译成了英语；译文没有忠实于原文。圣茨伯里认为，十八世纪的法语不如英语更能表达这部独一无二的小说的"无限恐怖"（贝克福德语）。

塞缪尔·亨利的英文版收在"人人文库"第八百五十六卷中。巴黎的普林出版社出版了由马拉美修订并作序的小说原文。奇怪的是，查普曼在他精心制作的书目中，居然忽视了修订的内容和序言。

一九四三年，布宜诺斯艾利斯

黄锦炎　译

关于《紫土》

　　赫德逊[1]的这部小说处女作可以归结为一个公式，这公式是那么古老，简直可追溯到《奥德赛》；它又如此简单，使小说因公式化之名而遭毁誉受贬斥。好汉出门行，一路有险遇。属于这类浪迹天涯、闯荡人世之辈的有《金驴记》和《萨蒂利孔》的片段，《匹克威克外传》和《堂吉诃德》，《吉姆》和《堂塞贡多·松勃拉》。把这些杜撰作品统称为流浪汉小说，我觉得难圆其说：首先是因为该词语的涵义有限，其次是它们都有地点和时间上的局限（西班牙的十六、十七世纪）。此外，这类人物还纷杂不一。混乱、不连贯的多样性并非不可接受，但必定有一种隐秘的秩序主宰着他们，这种秩序会逐步显露。我想起了几个有名的样板，似乎没有一个不暴露出显而易见的缺陷。塞万提斯造就了两种典型：一个"身材干瘪"的绅士，高个，禁欲，癫狂且谈吐高雅；一个浑身是肉的村民，矮个，贪吃，清醒并言辞粗俗。如此匀称持久的差别最终抵消了他们的现实性，使他们沦为马戏团的角色（在《吟唱诗人》第七章里，我们的卢贡内斯就曾暗示这种指责）。吉卜林杜撰了一个"世界小伙伴"，无拘无束的吉姆：在开头几章之后他即患上了不知何种爱国变态症，居然迷上了间谍的勾当。（在大约三十五年后撰写的文学自传里，吉卜林仍然执迷不悟，懵懂依旧。）我指出这些疮疤毫无恶意。我这样做是为了以同样的诚意来评判《紫土》。

在我所认为的小说体裁里，最低级的作品追求冒险经历的简单接续，追求单纯的多样变化。水手辛巴达的七次航行或许是最纯正的例子。在那些小说里，英雄只是一个人物，没有个性，行为被动，如读者一般受人摆布。在另一些小说（稍稍复杂些）里，故事情节即使没有叙述英雄的荒唐蠢事和怪癖，但也完成了揭示英雄性格的功能，《堂吉诃德》的第一

1　W. H. Hudson（1841—1922），英国作家、博物学家。

部就是这样。还有一些小说（属于后来的时代），其情节发展呈双重互动式：英雄改变环境，环境改变英雄的性格。《堂吉诃德》第二部、马克·吐温的《哈克贝利·费恩历险记》和《紫土》当归此类。最后这部小说其实有两个情节。第一个情节可以看见：英国小子理查德·兰姆在东岸地区的历险；第二个情节隐秘且看不见：兰姆历经沧桑归顺当地习俗，逐渐转变并接受了一种使人不免想起卢梭、隐约见到尼采的荒野道德。他的"漫游时代"亦即"学习时代"[1]。赫德逊亲身体验过一种半野蛮的、原野般的艰难生活，而卢梭和尼采只是在《游历通史》和《荷马史诗》的定型篇章里加以体验。以上所述并非想表示《紫土》无懈可击。它犯有一个明显的错误，可以合乎逻辑地归因于应景急就时的偶然因素：某些险遇描述中的无谓而累人的曲折复杂。我想到了结尾部分的险情：过于曲折复杂，使读者疲惫不堪，不能激发阅读的兴趣。在这几个繁琐的章回里，赫德逊似乎不明白书是有连续性的（如《萨蒂利孔》或如《骗子堂巴勃罗斯的生平》那样几乎完

1　典出歌德的《威廉·迈斯特》，它分为《威廉·迈斯特的漫游时代》和《威廉·迈斯特的学习时代》两部分。

全循序渐进），因而塞进了无用的人工雕凿而使书变得晦涩难读。这是一种普遍的错误，狄更斯的所有小说都有类似的繁冗通病。

或许，没有一部高乔文学作品能胜过《紫土》。个别的地名错误、几处笔误或印刷错误（把 Canelones 写成 Camelones，把 Arias 写成 Aria，把 Gumersinda 写成 Gumesinda）偶或抵消这一事实，这是可悲可叹的……《紫土》基本上是当地风味。作者是个英国人，因而书中有一些读者需要的、但对于一个熟悉当地事物的高乔人来说有些古怪的说明和强调，这也是情有可原的。埃塞基耶尔·马丁内斯·埃斯特拉达在《南方》杂志第三十一期中写道："我们至今尚未遇到才能可与赫德逊相提并论的诗人、画家或表演家，今后永远也不会遇到。埃尔南德斯是赫德逊所赞颂、发现和评论过的阿根廷生活风情画面里的一小块。譬如说，《紫土》最后几页含有面对西方文明和学院文化价值而存在的美洲最高深的哲学及对其所作的空前绝后的辩解。"显然，马丁内斯·埃斯特拉达毫不犹豫地把赫德逊的全部作品推上了我们高乔文学经典著作的顶峰。目前，《紫土》所包含的范围是广大无比的。《马丁·菲耶罗》

（尽管卢贡内斯有意将其捧为经典）与其说是叙述国人之源的史诗（一八七二年），不如说是一部刀客的自传，这部自传被预言探戈降临的鼓吹呐喊歪曲了。阿斯卡苏比的作品具有更生动的特征、更多的幸福、更大的勇气，但所有这一切显得有些支离破碎，并隐藏在不连贯的、每卷四百页的三册书里。《堂塞贡多·松勃拉》纵然对话真切，但因为刻意夸大琐碎小事而受贬损。人们都知道其作者是一个高乔人，由此更显出这种戏剧巨人症——把新手骑马描绘成一场战争——的不合情理。吉拉尔德斯声嘶力竭地叙述日常的田野活计，赫德逊（如同阿斯卡苏比、埃尔南德斯和爱德华多·古铁雷斯）则以轻松自然的语调叙述一些或许有嫌残酷的事件。

有人会说，在《紫土》里高乔人总是以侧面的、附属的方式出现。对此，可以这么回答：这对于形象的真实性更好。高乔人是沉默寡言的人，高乔人漠视——或者说蔑视——记忆和回顾带来的讲不清的乐趣；用自传形式并把高乔人表现得热情奔放，则会使其变形走样。

赫德逊的另一个明智之处在于地理方面。他出生在潘帕斯草原神秘氛围里的布宜诺斯艾利斯，然而却选择了庇隆主义"城市游击队"第一次和最后一次挥舞长枪的褐色大地：东岸国。在阿根廷文学里，高乔人被排斥在布宜诺斯艾利斯之外，然而有些矛盾的是，大城市布宜诺斯艾利斯却又作为许多杰出"高乔"文人的摇篮而存在。如果我们不是在审视文学，而是面对历史的话，就可以证实，誉满天下的高乔现象对其所属省份的命运或许产生了微小的影响，而对国家的命运毫无影响。高乔战争的典型组织——骑兵队——只是偶尔出现在布宜诺斯艾利斯。城市主宰一切，城市的高官显贵在发号施令。难得有人——法律文件里的"黑蚂蚁"、文学中的马丁·菲耶罗——靠反叛抗争才在警方获得些许知名度。

我已说过，赫德逊为自己的英雄业绩选择了另一类刀客。这一恰当的选择使他以巧合和战争的多样性丰富了理查德·兰姆的命运，这种巧合有利于流浪爱情的产生。在关于班扬的文章中，麦考莱对一个人想象的事物随着时间推移会变成其他许多人的亲身回忆深感惊诧。赫德逊的想象长留在记忆中：大不列颠的枪声回荡在派桑杜的夜空，自我陶醉的高乔人在战斗前畅快地吮吸黑烟草，姑娘在隐蔽的河岸边委身于一个外乡人。

赫德逊把鲍斯韦尔[1]宣扬的一句话改进到完美无缺的程度，他说自己在生活中曾多次埋头研究形而上学，但总是被幸福欢乐所打断。这句话（与文字打交道给我带来的最值得记忆的一句话）为人类和书本所特有。虽然有鲜血流淌和生离死别，《紫土》仍然是世上少有的幸福欢乐的书籍之一（另一本同属美洲、同样具有人间天堂滋味的书就是马克·吐温的《哈克贝利·费恩历险记》）。我在思索的并不是悲观主义者和乐观主义者的毫无头绪的争论，也不是忧伤的惠特曼无情地强加给自己的经院式的幸福；我所想到的是理查德·兰姆的运气和果敢，他接受人生各种沧桑变故的热情豪爽，不管这种变故是友好的还是盲目的。

最后一点思考。能否领会当地风情或许是无关紧要的，但事实是在所有的外国人（当然不排除西班牙人）中，只有英国人品出了那种风情：米勒，罗伯逊，伯顿，格雷厄姆，赫德逊。

一九四一年，布宜诺斯艾利斯

陆经生 译

1　James Boswell（1740—1795），英国传记作家，著有《约翰逊传》。

从有名分到无名分

　　起初，神称为诸神（埃洛希姆[1]），这一复数形式一些人称为至尊者，另一些人称为至高者。人们认为在复数形式里听到了从前泛神论的回音，或看到了在尼西亚宣布的"神为一者，又为三者"的论说的先兆。埃洛希姆要求动词使用单数；摩西五经第一句原文为："起初神创造天地。"尽管复数形式给人一种模糊概念，埃洛希姆还是具体的，其名为耶和华神，书上写，"天起了凉风，耶和华神在园中行走"，或者按照英文版的说法：in the cool of the day。他被赋予人类的特征。在《圣经》某处可以读到："耶和华就后悔造人在地上，心中忧伤。"在另一处："因为我耶和华你的神是忌邪的神。"还有一处："我真发愤恨如火。"这几句话的主语无可争辩的是指"有名分者"，一个随世纪更迭慢慢变得庞大并且形象模糊的"有名分者"。其称号有多种："雅各的大能者"，"以色列的磐石"，"我是自有永有的"，"万军之神"，"万王之王"。毫无疑问，这最后一个称号启发出大格列高利与之相对的"天主的众仆之仆"，这种表述在希伯来语原文中是王的最高级：希伯来语的特征是——路易斯·莱昂教士说——当要强调某物时，或褒义，或贬义，就把同一词语重复两遍。如此，Cantar de cantares（雅歌）相当于我们卡斯蒂利亚语通常说的 Cantar entre cantares（歌中之歌）；hombre entre hombres（人中之人），意思是出类拔萃者，超群绝伦者。在公元之初几个世纪里，神学家们习惯使用以前只用于大自然或朱庇特的形容词前缀 omni: omnipotente（无所不能的）、omnipresente（无所不在的）、omniscio（无所不知的）等词广为流传，把上帝变成了一个无法想象的最高级形容词的混杂物，以引起人们的敬畏。这些名称如同其他名称一样，似乎限制了神的特性：五世纪末时，《丢尼修文集》的匿名作者

---

1 Elohim，单数形式为 Eloah，《圣经·旧约》中希伯来人的上帝。

声称，没有一个肯定式谓语适用于神。关于神，什么都不该肯定，什么都可以否定。叔本华十分平淡地说："这种神学是唯一真正的神学，但却毫无内容。"用希腊文撰写、组成《丢尼修文集》的论著和书信在九世纪遇到了一位读者，把它译成了拉丁文：约翰尼斯·埃里金纳，或称斯科图斯，亦即"爱尔兰人约翰尼斯"，史书上名为斯科图斯·埃里金纳，意思是"来自爱尔兰的爱尔兰人"。他提出一个属泛神论类的论点：个体事物是神的显现（神之灵的显露或出现），神就在其后，神是唯一的实际之物，"但他不知他是什么，因为他不是一个什么，并且对于其自身，对于一切悟性，他都是不可理解的"。他不是个智者，但比智者更智；他不是善者，但比善者更善；他超越并拒绝所有的称号，其原因无法探究。为了给他下定义，爱尔兰人约翰尼斯借助了 nihilum 一词，即"虚无"；神就是"从虚无中进行创造"的首要的虚无，就是孕育了雏形而后又产生了具体生物的深渊。神是"虚无"中的"虚无"；领悟这个道理的人在行动时能意识到这远不只是一个"谁"或一个"什么"。同样，商羯罗也指出，在深沉的梦中，人就是宇宙，就是神。

当然，我刚才举例说明的道理并非没有依据。赞美推崇直至虚无境界，这一现象发生在或将要发生在任何一种崇拜中，我们在莎士比亚身上清清楚楚地看到了这一点。莎士比亚的同时代人本·琼森喜欢他，但没有当成偶像崇拜；德莱顿把莎士比亚捧为英国戏剧诗人中的荷马，但承认他常常会言之无物，夸夸其谈；在演讲成风的十八世纪，人们力图评价莎士比亚的成就，指责他的错误：莫里斯·摩尔根在一七七四年断言说，李尔王和福斯塔夫只不过是对其发明者的头脑的修饰；十九世纪初，上述断言又被柯勒律治重新提出，对于他来说，莎士比亚已不再是个人，而是斯宾诺莎笔下的法力无边的神的一种文学变体。"莎士比亚其人，"斯宾诺莎写道，"是一个很自然的自然界，是一种效果，但潜藏在个性中的普遍性已向他显露，这种普遍性并非是对多样化的事件的抽象思考，而是作为能够进行无穷修饰的实体，他的个人存在只是无穷修饰中的一个。"赫兹里特证实，或者说确认："除了他与所有人相像这一点，莎士比亚就像所有的人。从本质上讲，他什么也不是，但他是其他人所有的一切，或可以是的一切。"后来，雨果把他同海洋相提并论，说他是一颗可以变成任何模样的种子。[1]

是一种事物必然就不能是任何其他事物。对这一真理的朦胧认识引导人们想象：不是某物胜过是某物，因为从某方面讲，这等于是一切。这一假象存在于印度斯坦的那位传奇国王的言辞中，他放弃权力，上街行乞："从现在起，我没有王国，或者我的王国没有边界；从现在起，我的躯体不属于我，或者整个大地都属于我。"叔本华曾说历史就是世世代代的人类拥有的一场结束不了的令人困惑的梦：在梦里有重复出现的形式，也许有的只是形式；其中之一就是本文揭示的进程。

一九五〇年，布宜诺斯艾利斯

陆经生 译

----

1 在佛教中图案重复出现。最初的篇章说菩萨在菩提树下领悟出宇宙的一切因果——每个生灵过去的和未来的化身——无穷无尽地连在一起。几个世纪后写就的最后的篇章又陈述说，没有任何事物是真实的，任何知识都是杜撰的；如果有像恒河里的沙粒一样多的恒河，再有像新的恒河里的沙粒一样多的恒河，那么沙粒的数目将会少于菩萨所不知道的事物的数目。——原注

传说的形形色色

　　人们见到老人、病人或者死人时，都会产生厌恶之感，但人本身却都逃脱不了死亡、疾病和衰老的命运，佛祖释迦牟尼声称，经过这种反思，他大彻大悟，离开了父母亲人，出家修行，披上苦行僧的黄袈裟。这件事载于佛教经典。佛经上还有一则寓言，说是神派出五个秘密使者：一个婴儿、一个伛偻的老人、一个瘫痪的病人、一个遭受酷刑折磨的罪犯和一个死人，用意是指点迷津，让人们明白生命是由生、老、病、死、苦组成。阴曹的大法官（印度斯坦神话中担任这一职务的是阎魔罗阇，因为他是第一个死去的人）问犯有罪孽的人有没有见过那些使者；回话是见过的，但没有辨出他们警告的涵义；牛头马面的差役便把那人关进一间烈焰升腾不息的屋子。也许释迦牟尼并没有发明这个吓唬人的寓言；反正我们知道他的经书中这样说过（《中阿含经》，第一百三十部），也知道他从没有把自己的一生同寓言挂钩。

现实生活太纷繁复杂，也许不适于口头传播；而传说再现现实时偶尔失实，却使它不胫而走，传遍世界。刚才提到的寓言和佛祖的声明里都有老人、病人和死人。时间的进程把两种说法合二为一，把它们混在一起，形成了另一个故事。

被尊为佛祖的释迦牟尼本名叫悉达多，是大日族的后裔净饭王的儿子。他母亲怀上他的当晚梦见一头洁白如雪、长着六根大牙的象钻进她右肋。[1] 占梦人解释说，她的儿子将统治世界或者常转法轮[2]，教导世人如何达到无生无死的境

---

1 在我们看来，这个梦一点也不美。印度人却不这么认为：大象在印度是家畜，是温顺的象征；六根象牙也不会使观众看了不舒服，印度艺术中，为了暗示神的万能往往塑造出千手千面的形象，六则是惯用的数字。（六道轮回；释迦牟尼之前的六个佛陀；东、南、西、北、上、下六个基点；《夜柔吠陀》文献集称之为梵天六门的六位神。）——原注

2 这个比喻可能启发西藏人发明了祈祷的器械，那是一种沿轴心旋转的轮子或圆柱，装有写着经文的纸卷，周而复始；有些器械用手操作，另一些像大磨坊，由水力或风力驱动。——原注

界。净饭王宁愿悉达多得到尘世的富贵而不要永恒的荣耀，便把他关在一座宫殿里，凡是能使他联想到衰老死亡的东西都摒绝在外。悉达多沉溺于声色犬马，浑浑噩噩度过了二十九个虚幻幸福的年头，一天早晨，他驱车出游，惊愕地见到一个伛偻的人，"头发和身体都和别人不一样"，走路要拄拐杖，颤颤巍巍。他问那人是谁；车夫回说是个老人，世人到头来都会同他一样，无一幸免。悉达多深感不安，吩咐立刻打道回宫。但在下一次出游时，他看到一个发热的人，身上全是麻风烂疮，车夫解释说那是一个病人，谁都难免罹疡的危险。另一次，他又见到人们抬着一口装着一个人的棺材，人们向他解释说那个一动不动的人已经死了，还说人生必有死，那是自然规律。在最后一次，他看到一个托钵僧，一脸恬静的神情，既没有死也没有生的欲望。于是，悉达多找到了道路。

哈代赞扬这个传说的色调，而当代的印度文化学者，奥·福歇（他嘲讽的笔调有时不免失之刻薄和不够明智）则写道：如果承认菩萨事先无知，那个故事倒不乏戏剧性的渐进和哲学价值。公元五世纪初期，僧人法显前往印度斯坦各国取经，看到尼泊尔的迦毗罗卫城的废墟和阿育王在城墙南北东西竖立的四尊石柱。七世纪初期，一位基督教修士编纂了一部名为《巴尔拉姆和乔萨发特》的小说：乔萨发特（即菩萨）是一位印度国王的儿子，占星学家预言他将统治一个更大的光荣王国，国王把他幽禁在宫殿里，但是乔萨发特发现了以一个盲人、一个麻风病人和一个垂死的人面貌出现的众生的不幸处境，终于在隐士巴尔拉姆的指点下皈依宗教。这个传说的基督教版本被翻译成许多种文字，包括荷兰文和拉丁文；在哈康四世·哈康松的敦促下，八世纪中叶冰岛出现了巴尔拉姆传说。一五八五年至一五九〇年间，巴罗尼乌斯红衣主教修订《罗马殉教者列传》时，把乔萨发特也收入；一六一五年，迭戈·德·科托续编《亚洲十年史》时，指出伪托的印度寓言和圣乔萨发特的正宗事迹的相似之处。读者在梅嫩德斯－佩拉约撰写的《小说的起源》里可以看到上述以及其他记载。

在西方使得释迦牟尼被罗马教廷谥为圣徒的传说有一个缺陷：它提出的路上偶遇的设定固然有效，但难以置信。悉达多的四次出游和四个有教育意义的人物不符合偶然发生的习惯。然而神学家们对人物皈依宗教的关心胜过对美学原则的关心，企图为这一异常现象进行辩解：科本在《佛教》第一章第八十二节中指出，传说中的麻风病人、死人和托钵僧都是神为了点化悉达多而制造的幻象；梵语史诗《佛本行经》第三卷说神制造了一个除车夫和王子之外谁也看不见的死人形象；十六世纪的一部传奇式传记，戴遂良的《佛陀的中文传记》第三十七至四十一页中指出，四个人物的出现是神的四种变形。

《普曜经》走得更远。这部用不纯粹的梵文编纂的诗歌散文集往往采用嘲讽的口吻，它描绘的如来佛的故事庞大得使人喘不过气、眼花缭乱。释迦牟尼由一万两千名僧人和三万两千位菩萨簇拥着，向众神宣讲该书内容；他从四重天确定了自己最后一次轮回转世的时间、大洲、王国和种姓；他宣讲时有八万个小鼓伴奏，他母亲的身体有一万头大象的神力。在那部奇特的诗里，释迦牟尼确定他命运的每一阶段，吩咐众神幻化出那四个象征性的人物，他询问车夫时，早已知道他们是谁，表明什么意义。福歌认为这种写法说明作者没有主见，认为释迦牟尼不可能不知道车夫所了解的东西；我却认为这个谜另有解答。释迦牟尼创造了那四个形象，然后向第三者询问他们的含义，从神学观点来看，也许可以这么解释：《普曜经》属大乘佛教，认为暂时的如来是永恒的如来的化身或反映；天上的如来发号施令，地上的如来遵照执行。（我们的时代另有神话和语汇，把这种现象称作下意识行为。）上帝的第二人、圣子的肉身既然可以在十字架上呼喊："我的神，我的神，为什么离弃我？"[1]如来的肉身当然也可以对他仙身所制造的形象感到诧异……此外，这些微妙的教条主义对于解谜来说并非必不可少的，别忘了印度斯坦的宗教，特别是佛教，宣扬的是四大皆空。按照温特尼茨的解释，《普曜经》是指神通游戏之微妙关系。在大乘教义里佛在人世的生命是一场游戏，是一场梦。悉达多选择了他的国度和父母，悉达多制造了四个使他自己吃惊的形象，悉达多安排了另一个形象说明前四个形象的意义。如果我们把这一切当作悉达多的梦，就都解释得通了。如果我们设想悉达

1　《圣经·新约·马太福音》第27章第46节："耶稣（被钉在十字架上）大声喊着说，以利，以利，拉马撒巴各大尼？就是说，我的神，我的神，为什么离弃我？

多（正如麻风病人和托钵僧一样）在一个梦中出现，而谁都没有做过那种梦，那就更解释得通，因为根据北部佛教[1]的看法，大千世界、芸芸众生、生命火焰熄灭的涅槃、轮回转世，以及我佛如来都是空幻不实的。一部有名的专著中说过，谁都不会在涅槃中熄灭，因为无数生灵在涅槃中熄灭正如一个巫师在十字街头用魔法制造的幻觉上的消失；另一部著作说万物皆空，徒有虚名，连如此说的书和看书的人都是空的。矛盾的是，诗中庞大的数字非但没有增加真实感，反而对其有所削弱：一万两千名僧人和三万两千个菩萨比一名僧人和一个菩萨更不具体。庞大的形式和数字（第十二卷中包含一连串二十三个词，表明单位数后面加逐渐增多的零，从九到四十九、五十一、五十三）只是多得吓人的泡沫，一无所有的强调。因此，不真实开始使故事出现了漏洞；首先使数字显得难以置信，其次使王子显得虚假，然后和王子一起显得虚假的是世世代代的人和整个宇宙。

十九世纪末叶，奥斯卡·王尔德提出一个变体；快乐王

---

[1] 尽管里斯·戴维斯驳斥了布赫诺夫的这一说法，但在这里引用，并不比使读者百思不解的大乘教义更不恰当。——原注

子在宫阙中终老，从未发现痛苦，但他死后的塑像在高高的墩座上却见到了痛苦。

印度斯坦的编年学不够清晰，我的学识更没有把握，科本和赫尔曼·贝克也许同冒险撰写那些本文的人一样容易出错；如果我这个有关传说的故事富于传奇色彩，交织着有价值的真实和难免的谬误，我并不感到奇怪。

王永年 译

从寓言到小说

对于我们大家来说，寓言是一个美学错误。（我最初想写"只不过是一个美学上的错误"，但后来发觉这样的见解本身就是一个寓言。）据我所知，寓言体裁已由叔本华（《作为意志和表象的世界》，第一篇第五十节）、德·昆西（《作品集》，第六卷第一百九十八页）、弗朗西斯科·德·桑克蒂斯（《意大利文学史》，第七章）、克罗齐（《美学》，第三十九页）和切斯特顿（《乔·弗·瓦茨》，第八十三页）等作过分析，本文仅限于后两者。克罗齐否定寓言艺术，切斯特顿维护寓言艺术。我认为前者是有道理的，但我想知道，一种我们看来不合理的形式何以如此受人青睐。

克罗齐的言辞是清晰透彻的，我只需用西班牙文复述即可:"如果象征被理解为与艺术直觉不可分离,那它就是直觉的同义词,而直觉总是具有理想的特点。如果象征被理解为可以分离,既可以表达象征又可以表达象征之物,那就会陷入理智主义的错误。所谓的象征就是一种抽象观念的表露,就是一种寓言,是科学,或修补科学的艺术。但我们也应公正对待寓言体裁,注意到在某些场合寓言体裁是无害的。从《耶路撒冷的解放》可以得出各种道义;轻浮诗人马里诺的《阿多尼斯》给人的启示是无节制的纵欲最终会变为痛苦;面对一尊塑像雕塑家可张贴一份海报,说这尊塑像就是'仁慈'或'善良'。这类附加在一件已完成的作品上的寓言意义对作品并无伤害,它们是从外部添加在不同意义表达上的意义表达。《耶路撒冷的解放》添加了一页散文,以表达诗人的其他想法;《阿多尼斯》添加了一行诗句或一段诗篇,用来表达诗人希望人们理解的内容;给塑像则加上了'仁慈'一词或'善良'一词。"在《诗学》(巴里,一九四六年)第二百二十二页,语调更是充满敌意:"寓言不是精神表达的直接方式,而是文字或密码的一种用途。"

克罗齐不认为内容和形式之间有区别，后者就是前者，前者亦即后者。他觉得寓言是荒谬的，因为它试图在一种形式里解析出两个内容：直接的或字面的内容（但丁在维吉尔的引导下来到贝雅特丽齐身边），象征的内容（人在理智的引导下最终到达信念）。克罗齐断言，这种写作方式带有令人费解之谜。

为了维护寓言体裁，切斯特顿首先否认语言会穷尽对现实的表现。"人们知道在头脑中有比秋天的树林更令人目不暇接、数不胜数、不可名状的色彩……但他们相信，这些色彩及其一切搭配和变化，都能用高低不同的声音的随意性机制确切地表达出来。他们相信，从一个证券经纪人的内心，确实可以发出代表一切记忆的秘密和一切欲望的痛苦的声音……"既然已宣布语言不够表达，就会产生别的手段：寓言可以是手段之一，如同建筑或音乐。寓言由词语组成，但并非语言之语言，并非该词语所表示的珍贵的美德和秘密的启示的符号之符号。这是一种比单音节词更准确的符号，而且更丰富、更幸运。

我不太清楚，那些持对立看法的权威中究竟谁有道理；

但我知道，寓言艺术曾经令人着迷（经由二百种手抄本流传的迷宫般的《玫瑰传奇》共有两万四千行诗句），而现在却使人不堪忍受。我们感受到寓言体裁不仅不堪忍受，而且笨拙轻佻。不管是把自己的激情故事糅合在《新生》中的但丁，还是在帕维亚城市塔上头顶着刽子手的屠刀写下《哲学的慰藉》的罗马人博伊乌斯，都不曾了解这种感受。如果不重提关于不断变化的趣味的原则，又怎么能解释这种分歧呢？

　　柯勒律治认为每个人天生不是亚里士多德派就是柏拉图派。后者认为阶级、秩序和属类就是现实，前者则认为那些都是普遍化的概念。对于后者来说，语言大概接近于一套符号，而对于前者来说，语言则是世界的地图。柏拉图主义者知道，世界在某种程度上就是一种和谐，一种秩序；这种秩序对于亚里士多德主义者来说，可以是由我们的片面认识产生的一种错误或虚构。在各个地区和各个时代，那两派不朽的对垒者变换着语言和姓氏：一派有巴门尼德、柏拉图、斯宾诺莎、康德、弗朗西斯·布拉德利；另一派有赫拉克利特、亚里士多德、洛克、休谟、威廉·詹姆斯。在中世纪争斗不休的玄学中，人人都援引"智者们的导师"(《飨宴》，第四章第二节）亚里士多德，但唯名论者是亚里士多德，而现实主义者却是柏拉图。[1] 乔治·亨利·路易斯认为中世纪唯一一场略有哲学意义的论争是唯名论和现实主义之间的论争。这一判断是轻率的，但它突出了那场旷日持久的争论的重要性：九世纪初波菲利[2]的一句由博伊乌斯翻译和评论的断言挑起了争论，安塞姆和洛色林把争论维持到十一世纪末，奥卡姆的威廉在十四世纪又重开论战。

可以想象，漫长的岁月使中间立场和细微区别无限增长。然而可以肯定，对于现实主义来说，首要的是共性因素（柏拉图称之为理想、形式，我们则称为抽象概念），而对于唯名论来说首要的则是个性因素。哲学史不是一个虚设的娱乐和语言游戏博物馆：实际上，这两种论点属于对现实的两种理解方式。莫里斯·德·伍尔夫写道："极端现实主义拣起了最初的联合。编年史家赫里曼（十一世纪）把教授辩证法的人称为'古博士'；阿伯拉尔把辩证法当作一门'古代学说'来

1　这段文字又见《济慈的夜莺》一文。
2　Porphyrios（约233—304），新柏拉图派哲学家。

谈论，直到十二世纪末还把‘现代’这一名称用在其对手身上。一个在当今不可思议的论点在九世纪似乎很清晰，并且以某种方式流传至十四世纪。原本属于少数人的新鲜事的唯名论今天已纳入了所有的人，其胜利是如此巨大重要，因而其名称已无关紧要。没有人声称自己是唯名论者，因为没有人不是唯名论者。然而，我们应该明白，对于中世纪的人来说，实质事物不是具体的人而是人类，不是个人而是属类，不是各个属类而是种类，不是各个种类而是神。依我的看法，寓言体裁文学就出自上述观念（其最清楚的表现大概就是埃里金纳对自然的四重划分）。这就是抽象事物的寓言，如同小说是个体事物的寓言一般。抽象事物拟人化了，所以在一切寓言中都有一些小说因素。小说家提出的个体因素都竭力成为普遍因素（杜宾就是理智，堂塞贡多·松勃拉就是高乔人），因而小说中就有寓言成分。

从寓言到小说，从属类到个体，从现实主义到唯名论，其转变需要好几个世纪，但我斗胆提出一个理想的日期。一三八二年的那一天，也许还不认为自己是唯名论者的杰弗雷·乔叟想把薄伽丘的诗句"E con gli occulti ferri i

Tradimenti"（暗藏铁器的卑劣行径）译成英语，他是这样说的："The smyler with the knyf under the cloke"（微笑者的刀藏在斗篷里）。原文在《苔塞伊达》[1] 第七篇里，译文在《骑士的故事》里。

一九四九年，布宜诺斯艾利斯

陆经生 译

---

1 薄伽丘 1339 年创作的长诗。有部分内容被乔叟移译进他的《骑士的故事》里。

有关萧伯纳的杂记

　　十三世纪末的时候，雷蒙·卢尔试图拿一个以拉丁文词语分划成块的不规则旋转同心圆盘做成的装置解决所有的奥秘；到了十九世纪初，约翰·穆勒担忧有一天音乐组合的数目会用尽，那些尚未成型的韦伯和莫扎特们将会没有立足之地；库尔德·拉斯维兹则在十九世纪末玩弄起令人厌烦的世界图书馆的奇思怪想，这个图书馆将收集用二十几个书写符号组成的所有变化，也就是说用所有语言所表达的一切。卢尔之轮、穆勒的担忧和拉斯维兹的混乱的图书馆或许是可供揶揄的材料，但它们都夸张地表现了一种共同的癖好：把玄学，也把艺术变成一种组合游戏。玩弄这种游戏的人忘记了一本书胜过一个词语结构，或者说胜过一系列词语结构；一本书是与读者展开的对话，是赋与其话声的语调，也是留在其记忆里的多变恒久的形象。这一对话永无终结：amica silentia lunae，这些词语现在的意思是亲昵、宁静、闪光的月亮，而在《埃涅阿斯纪》里则表示月黑天，指的是掩护希腊人进入特洛伊城的黑暗[1]……文学是不会断源的，其理由既充分又简单：单单一本书不是文学。书不是一种无沟通的个体：它是一种关系，是一种数不尽的关系的轴心。一种文学区别于另一种文学，不管是以后的或者是先前的，主要不是因为文章内容，而是由于阅读方法。如果让我阅读任何当代的文章，比如本文，按照二〇〇〇年的阅读方法，我也会知道二〇〇〇年时文学呈何种状况。把文学理解为形式游戏，在最好的情况下，也只会导致精工细雕的章节和诗段，造就一

---

1 在他们被视作模仿的文章中，但丁和弥尔顿就是这样解释的。在《神曲》（《地狱篇》，第1歌第60行，第5歌第28行）中我们读到："光亮暗淡了"，"太阳消失了"，表示黑暗的地方；在《力士参孙》（第86至89行）中：

对于我太阳是黑暗的，
月亮是宁静的，
当她舍弃夜晚时，
黑暗的洞窟埋藏在她心中。

摘自欧·曼·蒂里亚德：《弥尔顿时代》，第101页。——原注

位受尊敬的工艺师（约翰逊、勒南、福楼拜），弄得不好就会产生一部以浮华和随意杜撰出的惊奇情节构成的作品，而使人感觉不适（格拉西安、埃雷拉、埃雷拉·雷西格）。

如果文学只不过是一种口头代数，那么任何人都可以创造任何作品，只要借助变化实验即可。"万物皆流"，这条精炼的公式把赫拉克利特的哲学简化成两句话。雷蒙·卢尔可能会对我们说，有了第一句话，只要实验一下不及物动词就足以发现第二句话，并且依靠有规律的侥幸得到那种哲学，以及其他许多种哲学。似乎有必要回答说，由消元得到的公式缺乏价值，甚至缺乏意义。为了使公式具有某种效用，我们应该参照赫拉克利特来理解，参照赫拉克利特的经验，即使"赫拉克利特"只不过是那种经验的可能的实施者。我曾经说过，一本书就是一场对话，一种关系形式：在对话中，一个交谈者并非他所说的话的总数或平均数，他可以不说话而表现出聪明机智，也可以说出聪明的见解但表现出愚蠢笨拙。文学同样如此。达塔尼昂做出了数不尽的业绩，而堂吉诃德遭受棍打和嘲讽，但是堂吉诃德的价值在人们的感觉中更大。这番话给我们引出了一个迄今为止从未提出过的美学问题：一位作者能否创造出超出自己的人物？我的回答是否定的，在这否定之中包括了理智因素和道德因素。我想从我们身上是不会产生比我们的黄金时代更聪颖、更高贵的造物的。这一见解就是我对萧伯纳的卓越成就的信念的依据。最初几部作品中的行业工会问题和市镇问题将失去趣味，或者说已经失去；《愉快的戏剧集》中的戏言在将来某一天有可能比莎士比亚的戏言更令人讨厌（我怀疑幽默是一种口头体裁，一种在会话中突发的恩赐，而不是一种书面之物）；序言和流畅的篇章宣称的思想可以在叔本华和塞缪尔·巴特勒的作品中找到；[1] 但是，拉维妮娅、布兰科·波斯内特、克雷冈、索托弗德、理查德·杜吉昂，特别是尤利乌斯·恺撒，[2] 他们都超越了当代艺术塑造出的任何人物。如果我们把泰斯特先生同上面几位，或者同尼采笔下的历史人物查拉图斯特拉相提并论，就只能带着惊诧甚至义愤来感受杰出的萧伯纳。

1　斯威登堡亦如此。《人和超人》中说地狱并不是一个惩罚场所，而是死去的罪人出于同类相聚的缘故所选择的处所，就好像选择天堂一样；斯威登堡于1758 年发表的《天堂与地狱》一文也表述了同样的见解。——原注
2　以上均为萧伯纳作品中的人物。

一九一九年，阿尔伯特·索尔格尔写作时反复提到那个时代的陈词滥调，"萧伯纳是英雄观念的剿灭者，是英雄人物的杀戮者"（《当代诗歌和诗人》，第二百一十四页）。索尔格尔不明白，英雄性质须摒弃浪漫特性，须体现在《武器与人》中的布伦茨利上尉身上，而不是塞希奥·萨拉诺夫少校。

佛兰克·赫里斯撰写的萧伯纳的传记收入了萧的一封令人崇敬的信，现抄录以下一句话："我理解一切，理解所有的人；我即虚无，我即非我。"从这个虚无（完全可以同创造世界前的神的虚无相提并论，可以同最重要的神明相提并论。另一个爱尔兰人约翰尼斯·斯科图斯·埃里金纳称之为Nihil）出发，萧伯纳引申出几乎数不清的人物，或曰"戏剧人物"。我猜想，其中最为昙花一现的却是那个把一切展示给人们、在专栏中发表了众多简明而锋利的言辞的萧伯纳。

萧伯纳的基本主题是哲学和伦理学：他在我国不受重视是很自然的，甚至无法避免的。或许他只在若干警句方面受到好评。阿根廷人觉得宇宙不过是偶然因素的表现，是德谟克利特的原子的偶然聚合。阿根廷人对哲学不感兴趣，对伦理学也不感兴趣。对阿根廷人来说，社会性只是一种个人间、阶级间或民族间的冲突，在冲突中一切都是合法的，除了受嘲讽或被战胜。

人的特性及其变化是当代小说的核心主题。抒情诗是对幸运的爱情或失意的爱情作出的令人欢欣的赞美。海德格尔和雅斯贝尔斯的哲学使我们每个人都成为同虚无或同神明进行的秘密且持续的对话中的有趣的交谈者。这些方面在形式上可能引起崇敬，却激起被吠檀多斥责为首要错误的那个"我"的幻觉。它们常常在作绝望和忧愁的游戏，但实际上是在取悦虚荣，从这种意义上说，它们是不道德的。相反，萧伯纳的作品留下了一种解放的滋味，斯多葛学派的滋味，英雄传奇的滋味。

一九五一年，布宜诺斯艾利斯

陆经生 译

一个名字两个回响的考察

　　远离时间，超越空间，一个上帝、一个梦幻、一个神魂颠倒却又对此毫无察觉的人，各自重复着一个晦涩的表白。描述并评判这些表白的话语以及由这些话语而产生的两种反响，构成了本文的主题。

　　故事的起源是人人皆知的，记录在《圣经》摩西五经第二部——即《出埃及记》——第三章。在该章节中，我们看到，该书的作者和主人公、牧羊人摩西问上帝姓甚名谁，上帝回答说："我是自有永有的。"在考察这句玄妙的话语之前，或许我们不应忘记，对原始的魔幻思想而言，名字不仅仅是一个随心所欲的象征符号，而且是这个符号所确立的整体概念中生死攸关的一部分。[1]正因为如此，澳大利亚的原始居民都会取一个隐秘的名字，不让相邻部落的人听到。在古埃及人中，也盛行类似的传统。每个人都取两个名字，一个是小名，让别人叫的，另一个是大名，是真实的名字，对别人是保密的。根据殡葬文献，人的躯体死亡之后，灵魂会遭遇到各种各样的危险，而忘记自己的名字（失去自己的人格身份）可能是其中最大的危险。同样，知晓诸位神灵的真名实姓，了解各路鬼怪姓甚名谁，打听到各个阴司的真实名字，也被视为非同小可的事情。[2] 雅克·旺迪耶曾经写道："知道一个神或一个神化了的生灵的名字，就足以制服它。"（《埃及宗教》，一九四九年）无独有偶，我们从德·昆西口中知道，罗马的实名也是保密的。在罗马共和国灭亡前的日子里，昆图斯·瓦勒里乌斯·索拉努斯就曾因为披露罗马的实名而触犯天条，被处以极刑。

未开化的人掩饰自己的名字，为的是不至于使自己的名

1　柏拉图的对话之一《克拉底鲁篇》对词和事物之间存在一种必然的联系持异义，认为应予以否定。——原注

2　诺斯替教派信徒继承并深化了这个独特的见解，由此形成了一套专门词汇。据伊里奈乌斯称，巴西里德斯将其精缩为一个多音重复的回文单词 Kaulakau（打开天门的万能钥匙）。——原注

字落入魔掌，以摆脱魔法对持名人的杀戮、迷惑和奴役。至今，遇到造谣中伤和辱骂的时候，人们仍旧保留有这种迷信，或者说，我们仍旧可以看到这种迷信的影子。我们不会容忍别人用某些含沙射影的字眼来影射自己的名字。毛特纳曾分析并痛斥过人们的这种思维习惯。

我们看到，摩西问上帝的名字，并不是语义学概念上的好奇，而是想弄明白谁是上帝。说得更准确一点，是在刨根问底，打听何为上帝。（九世纪，埃里金纳曾经写道："上帝也不知道谁是上帝，什么是上帝，因为上帝不是什么，也不是谁。"）

如何理解摩西所听到的那句给人留下深刻印象的答话呢？按照基督教神学，"我是自有永有的"这句话表明，只有上帝才是真实存在的。正如大传道士多夫·贝尔所指出的那样，"'我'这个字只有上帝才配使用"。斯宾诺莎的学说把外延和思维视为一个永恒的生灵即上帝的独有属性，这个理论是对下列概念最好的印证：一个墨西哥人曾这样写道："上帝才是真实存在的，而我们则属于不存在。"

照这第一种解释，"我是自有永有的"是一种对本体的肯定。也有人理解为所答非所问，回答避开了提问。上帝之所以

227

没有说他是谁，是因为这已经超越了作为人的对话者的理解能力。马丁·布伯指出，"Ehych asher ehych"同样可以翻译成"我是我将是的人"或"我在我将在的地方"。摩西大概像埃及巫士那样，想问上帝叫什么名字，以便把它置于自己的控制之下。上帝可能确实是这样回答的："今天我和你对话，明天我可能显出别的一种什么形态，也许会是压迫、无理、不幸的化身。"所有这些我们都能在有关歌革和玛各的书中读到。[1]

上帝这句格言式的回答，人们使用多种语言来注释它，诸如 Ich bin der ich bin，Ego sum gui sum，I am that I am 等。尽管这些注释使用了多个单词，但比一个单纯的"上帝"这个词还要使人难以理解，更加晦涩难懂。这种晦涩随着时间的推移变得更加深奥，而且更大范围地在人世间游荡。直到一六〇二年，莎士比亚创作了一出喜剧。在这出喜剧中，我们从一个简单的侧面隐隐约约地看到了一个气壮如牛、胆小如鼠的士兵。那个士兵曾经风光一时，靠阴谋诡计晋升为

---

[1] 布伯（《什么是人》，1938）写道："活着即是进入一个奇怪的精神的房间，它的地面是一个我们同变化无常的，有时甚至是令人可怕的对手下的一盘非下不可的、输赢未卜的棋的棋盘。"——原注

队长。后来阴谋被揭穿，他被公开贬黜。此时，莎士比亚介入其中，借士兵的口说出了同上帝在山上所讲的如出一辙的话。"我不再是队长了，但我仍可以像队长一样吃、喝、睡得舒舒服服。我之所以能活下去，正因为我就是我。"帕洛如此道白。于是，他顿时由一个普通的喜剧角色成了一个人物，一个堂堂正正的人物。

第二种说法出现在十八世纪四十年代，斯威夫特所度过的漫长的痛苦时期里的某一年。或许，那些年代对他来说，只是一个一时难以忍受的瞬间，只是地狱作为永恒的一种表现形式。他曾以冷淡智慧为生，也曾靠冷落仇恨度日，然而，愚蠢却迷惑了他终生（就像迷惑福楼拜一样）。这也许是因为他知道疯狂正在前面等着他。在《格列佛游记》的第三部，他以极度厌世的情绪想象了一个腐而不朽的家族，其成员全部有一个微不足道但却是永远不能满足的欲望：他们无法与同类对话，因为时间的进程改变了语言，说不通也看不懂，记忆无法使他们从此岸到达彼岸。可以设想，斯威夫特幻想这种恐怖，是因为他惧怕它，又或许是为了使用魔法驱邪避灾。一七一七年，他曾对《哀怨：或夜思》的作者爱德华·扬说过:"我就像这棵树,我将从树冠开始死去。"斯威夫特的这种思想不仅贯穿在他一生的所作所为中,还体现在他留给我们的为数不多的夸大其辞的语句中。他那种阴郁的说教式风格甚至渗透到后人对他的评议中。例如,人们在评论他的时候,使用的语言比他本人更具说教色彩。萨克雷就曾写道:"想到他,犹如想到一个伟大帝国的废墟。"然而,人世间没有什么比他对上帝的隐语的执著更悲哀的了。

充耳不闻、精神错乱、惧怕疯狂及晚年的愚蠢呆笨加剧了斯威夫特的忧郁。他开始失去记忆力。他不愿使用眼镜,以致不能阅读,最后连写字也不行了。他每天都在乞求上帝把死亡降临到他头上。垂暮之年,神志恍惚,临终的那个下午,不知他是听天由命,还是绝望至极,抑或像有人断言的那样已是朽木不可雕也,人们只是听到他唠叨着:"我是自有永有的,我是自有永有的。"这大概是因为他已经觉察到"我将成为一个不幸,但还要我行我素",他认为"我是天地万物的一部分,像其他部分一样,这是必然的,无法逃脱的","我是上帝安排我所成为的人,我是宇宙法则所铸造之人"。或许,是因为他已经体会到"是就是成为一切"。

对这个警句的考察到此告一段落。作为结束语，且让我引用一段叔本华临终之前对爱德华·格里泽巴赫所说的话，这就足以说明问题了。他说："如果有时我会感到不幸，那是因为糊涂和错误所致。我会把自己看作是另外一个人，例如，看作是一个得不到替补职位的替补者，一宗诽谤案的被告，一个被心爱的姑娘小看的恋人，一个不能走出家门的病人或另一个像我一样遭受同样苦难的人。我不像他们那些人，这种不幸至多是我穿旧丢弃的一件衣服上的一块布料而已。我究竟是什么人呢？我是《作为意志和表象的世界》一书的作者，我是曾经回答过什么是'是'这个谜而引起未来世纪思想家关注的人。这就是我。在我有生之年，哪一个人敢对我持有异议呢？"正是因为叔本华写出了《作为意志和表象的世界》这本书，所以他非常清楚，作为一个思想家，就像当一个病人，当一个被人小看的人一样，都是虚构的，不是真实的。所以他非常清楚，从根本上说，他是另外一个东西。这另一个东西就是：意志，帕洛隐晦道白的缘由，斯威夫特的那一套。

潘仲秋 译

历史的羞怯

　　一七九二年九月二十日，歌德（曾伴随魏玛公爵向巴黎进军）看到欧洲第一大军队莫名其妙地被一些法国民兵在瓦尔密击退，对他不知所措的朋友们说："今天，就在这个地方，世界历史开始了一个新时代，我们可以说，我们亲历了它的开端。"从那一天起，标志性历史日期层出不穷，政府（尤其是意大利、德国和俄国）的任务之一就是通过大造声势、公开宣扬来虚构捏造标志性的历史日期。这些历史日期大都有塞西尔·布朗特·戴米尔的影子，大多与新闻有关，而非历史本身使然。我想，历史，尤其是真实的历史，是很有羞怯心的，其实质性的日期在相当长的一段时间内是不为人所知的。一位中国散文家曾经观察到，独角兽由于其活动所固有的不规律性，都是独来独往，不被人所察觉。它的眼睛也只能观察到它所习惯看的东西。塔西佗虽然在书中记录过基督被钉在十字架上，但他并没有亲眼看见过。

在浏览希腊文学史的时候，我偶然读到了一句话，因其多少有些令人费解，便产生了兴趣，引发了上述思考。这句话是：He brought in a second actor（他带来了第二位演员）。我略加思考，证实了这出神秘行动的主要角色是埃斯库罗斯。根据亚里士多德的《诗学》第四章记载，埃斯库罗斯将"角色由一位增加到两位"。众所周知，戏剧源于狄俄尼索斯。最初，只有一位演员，即伪装者，用高高的厚底鞋增加身高，身着黑色衣服或紫色袍子，戴上假面具以加宽脸庞，同十二位歌手一起在舞台上表演。戏剧是一种拜神仪式，像所有宗教礼仪一样，很少发生变化。但是，公元前五〇〇年，有一天，这种变化出现了。雅典人惊奇地或者是气愤地（维克多·雨果推测是后一种）发现未经说明便出现了第二位演员。在那遥远的春日的一天，在那个蜜糖色的舞台上，人们确切地想了些什么？感觉到了什么？也许不是惊愕，也许不是反感，或许只是有那么一丁点儿欣赏。《图斯库卢姆辩论》告诉我们，埃斯库罗斯加入了毕达哥拉斯派，但是我们始终不知道埃斯库罗斯是否预感到——哪怕是以一种潜在的意识——这种由一个向两个、由单数向复数，以至向无限多的转换意味着什么。随着第二个角色的介入，出现了对话，为一些人对另一些人的一举一动作出不同的反应提供了无数的可能性。有预见的观众大概会感到，将会有众多的舞台人物来陪伴他们，例如哈姆雷特、浮士德、西吉斯蒙德、麦克白、培尔·金特以及其他至今仍应接不暇的舞台人物。

另一个标志性的历史日期是我在读书时发掘的。事件发生在十三世纪，确切说是一二二五年的冰岛。为了教育后代，斯诺里·斯图鲁松在他位于博尔加峡湾的庄园编撰著名的哈拉尔三世最后的业绩。这位国王被称为冷酷的哈拉尔，以前曾在拜占庭、意大利和非洲打过仗。英格兰撒克逊国王戈德温之子哈罗德的兄弟托斯蒂格垂涎权力，得到了哈拉尔三世的支持。于是，他统率着一支挪威军队在东海岸登陆并攻占了约克城堡。撒克逊军队在约克以南与敌人相遇。叙述了上述情况以后，斯诺里的文章继续写道：

"二十名骑兵冲入了敌阵，骑兵和坐骑全披着铁甲。一名士兵喊叫起来：

托斯蒂格伯爵在这儿吗？

我不否认他在这儿——伯爵答道。

要是你真是托斯蒂格——骑兵说——那我就告诉你，你的兄弟已经原谅了你，还送给你三分之一的国土。

如果我接受——托斯蒂格说——他会送给哈拉尔三世什么？

不会忘记他——骑兵回答——将给他六英尺英格兰土地，考虑到他身材高大，再多给他一点。

那么——托斯蒂格说——请转告你的国王，我们将血战到底。

骑兵们回去了。哈拉尔三世若有所思地问道：

那个那么会讲话的骑士是谁呀？

是戈德温之子哈罗德。

接下去的篇章提及了那天天黑之前挪威军队被打败。哈拉尔三世和伯爵都在战斗中战死。

　　这里有一种我们当代不下些工夫就不易体会到的感受，即大无畏气概。这大概是那些宣扬爱国主义的专业人士的拙劣模仿而造成的悲哀。我确信《熙德之歌》包涵这种气概。在《埃涅阿斯纪》的诗句中，我明白无误地体会到了这种气概（"儿子，向我学习吧，学习我的勇气和无比坚强；要学成功，你找别人去"）。在盎格鲁-撒克逊民谣《马尔顿之战》中（"我的人民将用长矛和钝剑赋贡纳税"），在《罗兰之歌》中，在维克多·雨果的作品中，在惠特曼的作品中，在福克纳的作品中（"薰衣草，远胜马匹和勇气的芬芳"），在豪斯曼的《雇佣军的墓志铭》中，在《海姆斯克林拉》（一译《挪威诸王传记》）的"六英尺英格兰土地"中，也不乏这种气概。在历史学家貌似简单的叙述背后，蕴藏着细腻的心理游戏。哈罗德假装不认识他的兄弟，为的是提醒他不要认他。托斯蒂格没有出卖他，但也没有背叛他的盟友。哈罗德准备原谅他的兄弟，但并不能容忍挪威国王的干涉。作品的寓意显而易见地直截了当。这里，我绝不是仅仅指他回答语言上的简洁熟巧：给予三分之一的国土和给予六英尺

236

土地。[1]

撒克逊王的回答是精彩绝伦的，但还有一个东西比回答更加叹为观止，这就是血缘关系。他是一个冰岛人，又是和失败者具有同一血统的男人，正是他要把这种血统延续下去。这种情况就像一个迦太基人要把有关雷古洛的英雄业绩的回忆流传给我们一样。萨克索在他所著的《丹麦人的业绩》中所说的话是有道理的："极北之地的（冰岛）人非常乐意学习和传播别国人民的历史，对传播外来的美德同发扬自己的传统一样感到自豪。"

历史性的日期并非撒克逊王发布那些言论的那一天，而是他的一个敌人使那些言论得以流传的那一天，这是一个预示着将要发生而尚未发生的某些什么事的日期。这个"某些"就是：抛弃血统和民族，实现人类的团结一致。给予土地是一种美德，这种美德又归因于他的祖国观念。斯诺里通过这个故事本身，超越了祖国的观念，将它更加升华。

另一个向敌人表示钦佩的例子是我在阿拉伯的劳伦斯的

---

1 卡莱尔（《挪威早期帝王史》第 11 章）画蛇添足，在"六英尺英格兰土地"处加上了"以作葬身用"。——原注

《智慧的七柱》一书结尾几章中读到的。作者赞美了一支德国小分队的英勇事迹,他这样写道:"那时,我生平第一次在战场上为那些消灭了我兄弟的人们而感到骄傲。"接着他又加了一句:"光荣属于他们。"

一九五二年,布宜诺斯艾利斯

潘仲秋 译

时间的新反驳

在我以前没有时间，在我以后没有存在。

时间与我同生，时间也与我同死。

丹尼尔·冯·切普科：

《对句箴言六百首》，第三章，一六五五年

前 注

这种"反驳"（即反驳这个术语）始于十八世纪中叶，持续出现在休谟的全部著作中。它或许也够得上赫胥黎和肯普·史密斯著作的一条主线。自柏格森死后的一九四七年以来，它被称为旧体系反证法上的一个时代错误。更有甚者，它被称为迷失在形而上学中的一个阿根廷人的弱不禁风的狡辩伎俩。两种说法都似乎有理。在修正这两种说法的过程中，我不敢保证凭我辩证法的基本知识能得出一个闻所未闻的结论。我所传播的观点就像芝诺的飞矢和《弥兰陀王问经》中的希腊国王的车一样古老。如果有什么新颖之处的话，那就是我为得出一个前所未有的结论而采用了贝克莱的经典手法。贝克莱和他的继承人休谟的作品中有大量段落同我的论点相抵触或相排斥，但是我相信我从中演绎出了他们学说的必然推断。

第一篇文章 (A) 是一九四四年写的，发表于《南方》杂志第一百一十五期。第二篇文章写于一九四六年，是第一篇的修订稿。我之所以没有蓄意将这两篇文章合二为一，是因为我想阅读两篇内容相似的文章有助于理解这个难以掌握的问题。

我想就标题说几句话。我不想隐瞒，这个标题是对逻辑学家们称之为语词的怪物的一个儆诫，因为说它是一个新（或旧）的对时间的反驳，就意味着给它加上一个时间类的谓项，而这个谓项又重申了主项想驳倒的概念。暂且让这个轻松的玩笑来证实，我并没有夸大这个文字游戏的重要性。另外，我们的语言因我们的时代而丰富且生动，以至于在本文中，很可能没有一个句子不在要求或提及这个文字游戏。

谨将此习作献给我的祖父弗朗西斯科·博尔赫斯·拉菲努尔（一七九七年～一八二四年）。他为阿根廷文学留下了一些难以忘怀的十一音节诗，曾力图改革哲学教育，从神学幽灵中净化哲学，公开阐述洛克和孔狄亚克[1]的基本原理。他客死流放地，像所有人一样，他经历了他生活的那个黑暗年代。[2]

豪·路·博尔赫斯

一九四六年十二月二十三日，布宜诺斯艾利斯

1　Etienne Bonnt de Condillac（1715—1780），法国哲学家，著有《论人类知识的起源》和《感觉论》。

2　所有阐述佛教的文章都提到《弥兰陀王问经》。这部公元二世纪的富有寓意的作品讲的是舍竭国国王弥兰陀和那先比丘之间的一场辩论，论证了诸如国王的车子不是轮子，不是毂，不是辕，不是辐，人不是物质，同样，形状、印象、概念、本能、意识均非物质。这些部分既没有结合，也不存在于它们自身之外。经过几天争论，弥兰陀王信奉了佛教。

《弥兰陀王问经》已由里斯·戴维斯译成英文（牛津大学，1890—1894）。

——原注

A

一

在我从事文学和（偶尔）涉足形而上学困惑的生命长河中，常常隐隐约约地见到或者预感到一种对时间的反驳。我自己对此也不相信，可它确实经常以自明之理的无形力量在深夜和疲惫的黎明光顾我的身旁。这种反驳以某种方式在我所有的作品中游荡。它已在我的诗集《布宜诺斯艾利斯激情》（一九二三年）中的《适用于任何人的墓志铭》、《摸三张》中有所预示，在《埃瓦里斯托·卡列戈》（一九三〇年）某些章节和下面抄录的《感觉死亡》中加以袒露。上面所提及的作品没有一部能使我满意，甚至倒数第二部也不例外，尽管那部作品寓意多于表白，激情超过理智。对于所有上述作品，我都力图用此文为它们定下一个基调。

两个理由支持我作出这种反驳：贝克莱的唯心论和莱布尼茨的不可识别的同一性原理。

贝克莱（《人类知识原理》，第三节）观察到："人们都会承认，无论是我们的思想、我们的喜怒哀乐，还是我们靠想象而形成的概念，离开了思维，都不复存在。我非常明白，感官所印入的各种感觉或概念，无论是以什么形式组合（也就是说，无论它们组合成什么客体），都只能存在于感知它们的思维中……我说这张桌子存在，只意味着我看到了它，我摸到了它。如果我在离开房间后作出同样的断言，那么我只是想说，假如把它放在我身边，我就能感知它，或者想说，另一个人能够感知它。谈论无生命之物的绝对存在，但不联系能否感知这些物体，我认为是不明智的。存在就是被感知，任何东西都不可能存在于感知它的思维之外。"为防备反驳，他在第二十三节又写道："但是会有人说，没有什么比在草原上想象树、在图书馆里想象书更容易，不必要人费心去感知它。的确没有更容易的事了。但请告诉我，当你们这样做的时候，不正是在思维中形成了你们称之为树和书的某些概念吗？你们不过是隐去了感知树和书的人的概念：实则你们一向是在感知或想象它们的。我不否认思维有能力想象概念，我否认的是客体能够存在于思维之外。"在此段之前的第六节他曾作声明："有些真理十分清晰明白，睁开双眼就能看见。如下这条真理就是这类真理中最重要的一条：天地万物——构成宇宙这个巨大建筑的一切物体都不独立存于思维之外；除了能够感知的东西，其他都不存在；当我们不再思想的时候，一切物体都不存在，或只存在于一个永恒精神的思维中。"

这就是我们从其发明者口中所得出的唯心主义理论。理解它不是难事，难的是如何在它的定义内去思考。甚至连叔本华在阐述这个理论的时候，也犯了不可原谅的疏忽。一八一九年，在《作为意志和表象的世界》的前几行，他提出了一个使所有人永远感到困惑的主张："世界是我的表象。信奉这条真理的人不承认有一个太阳、一个地球，只承认一双看到太阳的眼睛、一只触摸到土地的手。"[1] 也就是说，对唯心主义者叔本华来说，人的一双眼睛和一只手比太阳和大地更加真实，更加本质。一八四四年，他出版了一部增补本。在该书的第一章，他又重复并加剧了过去犯过的错误，主张宇宙是一种大脑现象，把"脑袋中的世界"和"脑袋外的世

1　作者此处引文与叔本华原著略有出入。

界"区分开来。实际上，早在一七一三年，贝克莱就针对他的那一套对斐洛诺斯[1]说过："你说的大脑，作为一个有感觉的东西，只能存在于思维中。我想请教，你是否认为一个概念或思维中的事物创造其他概念或思维中的事物的推理有道理呢？如果你认为是，你如何解释这个最原始的概念是从何而来的呢？"斯皮勒的一元论恰恰是同叔本华的二元论和唯大脑机能论针锋相对的。他（《人的意识》，一九〇二年，第八章）论证说，用作视觉和触觉的视网膜和皮肤表面，本身就是分属于视觉和触觉两个不同的系统。我们看到的房子（"客观的"）并不比我们想象的房子（"大脑的"）大，而且也不包含后者，因为这两者是两个完全独立的体系。贝克莱（《人类知识原理》，第十、十六节）则同时否认物体的本质属性——体积和面积及绝对空间。

贝克莱肯定物体的持续存在，认为即便一个人感觉不到它的存在，上帝也能感觉得到。而休谟从逻辑上否定它的存在（《人性论》，第一卷第四章第六节）。贝克莱肯定人的同一

---

1 这里指贝克莱《希勒斯和斐洛诺斯的三篇对话》（一译《柏克莱哲学对话三篇》）中的观点。

性，认为"我不纯粹是指我的思想，而且还包括另一个东西：一个活的、能思想的灵魂（《希勒斯和斐洛诺斯的三篇对话》，第三篇）"。而休谟作为一个怀疑论者，则反对这种说法，把每个人视为"一个在不可思议的快速瞬间里接连发生的感觉的集合体或捆绑物"（《人性论》，第一卷第四章第六节）。但两个人都肯定时间。对贝克莱来说，时间是"呈一体流动的、所有人都参与的概念的连续"（《人类知识原理》，第九十八节）。休谟认为，时间是"不可分割的瞬间的连续"（《人性论》，第一卷第二章第二节）。

我收集了唯心主义辩护士的言论，大量抄录了他们的经典段落，并对此进行了反复引用和说明。我指责了叔本华（有些不情愿）。我之所以这样做，是因为我想让我的读者能够深入到这个不稳定的精神世界。这是一个稍纵即逝的印象世界，是一个既无物质又无精神、既无客观又无主观的世界，是一个没有完美建筑风格的空间世界，是一个用时间、用"原理"[1]完全相同的绝对时间铸成的世界。这个世界是一个永

1　指牛顿的《自然哲学的数学原理》。

无止境的迷宫，是一个混沌，是一个梦。而休谟达到了这个近乎完美的世界。

我接受唯心主义的论据，也明白它可以——也许是不可避免地——走得更远。对休谟来说，谈论月亮的形状和颜色是不可思议的，因为形状和颜色就是月亮。当然，也不能谈论思维的感觉，因为思维只不过是一系列的感觉。这样的话，笛卡儿的"我思故我在"也就显得苍白无力了。说"我思"，它的主语必定是"我"，这是原理所要求的。利希滕贝格在十八世纪曾提议，我们使用无人称的"思"来替代"我思"，就像人们说"打雷了"、"闪电了"一样。我再重复一遍：在"我"的容貌背后并不存在另一个神秘的"我"，另一个支配行为、接受印象的"我"。我们本身就是那一系列想象场面和飘忽不定的印象的唯一主体。说到一系列，否认了精神和物质，否认了精神和物质的连续性，否认了空间，我真不知道我们还有什么资格来谈论这个连续性，即时间。让我们随意设想一个现在时的例子。在密西西比河无数夜晚中的某一个夜晚，哈克贝利（意为美洲越橘）·费恩醒来，木排顺流而下，消失在朦胧的黑暗中，或许有点儿冷。哈克贝利听到潺潺的河水哗哗流个不停，他漫不经心地睁开双眼，看到一团怎么数也数不清的星星，看到一条树木排成的模糊线条，然后，就像沉入漆黑的河水，堕入无法回忆的梦境中。[1]
唯心主义的形而上学认为，给那些感觉添加某种有形的物质（客观物体）和某种精神的物质（主观意识）都是冒险的、无济于事的。我认为，把它们视为一连串原则和目的同样不可思议的点，倒更符合逻辑些。对唯心主义来说，给被哈克贝利·费恩所感觉到的那条河和河岸添加上其他真实存在的河流及河岸的概念，把其他的感觉硬加到这个直接感觉到的网络上，是没有道理的。对我来说，加上一个明确的年代时间，比如说这件事发生在一八四九年六月七日夜间四时十分至四时十一分之间，那就更加不合理了。换句话说，我用唯心主义的论据否定唯心主义所主张的广义上的时间系列。休谟不承认各种事物各就其位的绝对空间的存在，我否认将各种行为罗列在同一个时间里的存在。否认同时存在比否认连续发

---

1 为了便于读者理解，我选择了两个梦之间的一个瞬间。这个瞬间是文学作品中的，而非真实的。如果有人怀疑这是谬论，大可以插入其他例子。如果愿意，也可插入你生活中的实例。——原注

生还要困难得多。

我反对一连串事件连续发生，我也反对一连串事件同时发生。一个认为"当我想到我的情人无限忠诚而感到那么幸福的时候，她却欺骗了我"的恋人，一定是自欺欺人。如果我们生活的每时每刻都是绝对的，这种幸福感和她的背叛就不可能同时发生。他发现她的背叛一定是在后来的某一时刻，这无法变换前者的时间，只能改变对此事的记忆。今天的不幸并不比昔日的幸福更真实。我想举一个具体的实例来说明这一点。一八二四年八月初，伊西多罗·苏亚雷斯上校率领秘鲁的一队轻骑兵决定了胡宁战役的胜利。一八二四年八月初，德·昆西发表了抨击《威廉·迈斯特的学习时代》的文章。这两件事实并不是同时发生的（现在可以这样说），因为两个人都死了，一个死在蒙得维的亚，一个死在爱丁堡，两个人谁也不知道对方是谁。每个时刻都是独立存在的，无论是复仇、宽恕，还是监禁，甚至是遗忘都不能改变独立存在的往事。我认为，希望和恐惧都是虚无缥缈的，因为它们所涉及的都是将来要发生的事实。也就是说，这些事实都不会发生在我们头上，因为我们都是"小我"。我听说，心理学上的"现在"这个概念只持续几秒钟，甚至是以分秒计算。这个现象贯穿宇宙的整个历史。说得确切点儿，历史不存在，人的生命历程也不存在，那某一个夜晚更无从谈起了。我们所生活的每时每刻都具体存在着，但它们由我们想象出来的时间的整体并不存在。宇宙，作为所有这些事实的总和，是一个集合体。这个集合体和莎士比亚一五九二至一五九四年间所梦见的马匹的总和——一匹？很多匹？一匹也没有？——一样，是想象的。我还要补充一句，如果时间是一个思维的过程，一千个人，哪怕是两个不同的人，又怎么能同时共享呢？

上述段落的论述不太连贯，作为例证似乎有些勉强，可能使人觉得难以理解。我想换一个比较直截了当的办法。我们设想一个人，他的一生经历过很多反复，比如我这一生。每当我走过雷科莱塔国家公墓，就会想起我的父亲、我的祖父母、我的曾祖父母，他们都葬在那儿，我将来也要被埋葬在那儿。之后，我就会想起我曾有过上面的回忆。这情形就这样重复了无数次。后来，我就会觉得雷科莱塔那个地方不能使人愉快，回忆破坏了休闲的乐趣。慢慢地，我就不敢在孤零零的夜晚去郊区散步。如果我没想到我失去了确实属于我的东西，就不会为我的爱人和朋友感到悲伤。每当我穿行南边的拐角，我就会想到你，埃伦娜。每当从空中飘来桉树的清香，我就会想到阿德罗格，想到我的童年。每当我回忆起赫拉克利特的《论自然》片断九十一中的"你不能两次踏进同一条河流"的时候，我就会钦佩他的雄辩技巧：他在轻易使我们接受他的第一个观念（"这条河是另外一条河"）的时候，已经偷偷地强加给我们第二个（"我是另外一个人"），已经使我们承认他虚构出来的错觉。每当我听到亲德派咒骂意第绪语的时候，我就会想意第绪语首先是一种德国方言，几乎没有被上帝的语言所玷污过。这些同义反复（加上我没有列出的）就是我的全部生命。当然，这不是精确无误的重复，它们之间有强调重点、温度、光线和生理状态上的不同。但是，我想，情景的变化次数并不是无穷无尽的，我们可以在一个人（或两个互不相识但经历同一过程的人）的思维中设定两个完全相同的时刻。而当设定了这个完全相同的前提，我们不禁要问：这两个相同的时刻不是一个东西吗？一个重复的单一概念不就足以破坏和混淆时间的连续性了吗？那些热衷于投奔莎士比亚家族中的任何一支族系的人从字面上说不就成了莎士比亚了吗?

我还没说到我所勾勒的这个世谱中的道德观，我不知道它是否存在。《密西拿·民事侵权卷》的大议会书第四章第五条说，按照上帝的法律，只要杀死一个人就会摧毁世界。如果不存在复数，杀死所有人的人的罪恶就不会大过正统记载中最早索居的该隐的罪恶，也不会带来我们想象中那么广泛的毁灭。我想，事实也确实是这样。引起轰动的常见的灾难，比如火灾、战争、传染病，只是一种单一的悲痛，只不过通过多面镜子的反射被人们虚幻地多重化了。萧伯纳(《智慧妇女的社会主义和资本主义指南》，第八十六页)就是这样认为的:"你所遭受的一切是世界上所能遭受的最大的一切。假如你是因饥饿而死，那你就是忍受了所有空前绝后的饥饿。假如有一万个人同你一起饿死，他们分享了你的食物，也不会让你的临终增加一万倍的时间。别让人世间所有可怕的不幸压垮，所谓所有不幸是不存在的，无论是贫穷还是痛苦都是不可堆砌的。"亦可参见克·斯·路易斯《痛苦的奥秘》(第七章)。

卢克莱修（《物性论》，第一卷第八百三十行）把下列理论归功于阿那克萨戈拉。这个理论说，金子是由金分子组成的，火是由火星组成的，骨头是由感觉不到的骨粉末组成的。乔西亚·罗伊斯大概受到圣奥古斯丁的影响，断言时间是由时间构成的，"所有某件事发生的现在也同样是连续的不间断"（《世界与个人》，第二章第一百三十九页）。这个命题和本文的命题完全一致。

二

所有的表达方式都具有连续性的本质，但不能据此推理出永恒和不受时间的限制。要是有人不情愿接受前面的论证的话，他或许更喜欢我一九二五年的这篇文章。我已经提到过它，讲的是题为《感觉死亡》的故事。

下面我想记叙一下我几个夜晚前的一段经历。这段经历令人神迷而转瞬即逝，很难称为历险奇遇；它感情用事、不合理性，又不宜叫作思考。那是一个场景和有关它的一个词语：这个词我念过很多遍，却到那时为止也不曾全身心地有所感悟。我现在要讲一下它的过程，其中糅进了致使它发生的时间和地点的偶然性。

我记得是这样的。那个夜晚前的下午，我已在巴拉卡斯区。那是一个我平时不去的地方，那儿离我后来到的地方有一段路；那天罩上了一层奇特的色彩。晚上，无事可做，夜又很宁静，晚饭过后，我就出门上路，边走边回忆。我不想走原路回去。于是我就想尽各种可能最快地找到一条路。我大概采用了最笨的办法：绕圈子。我抱着它远离交通干道和大马路的老成见，接受了偶然最幽暗的邀请。如此这般，一种熟悉的引力把我送到一些社区。我并不是总能记得它们的名字，但它们却使我心怀敬意。这里，我说的不是我生活过的社区，那个我度过童年的具体区域，而是它至今仍很神秘的周围地区，一个从字面上说我很熟悉而实际上知之甚少的临界地区。它是我的近邻，同时又是我的神话世界。我所熟知的东西的反面，它的远处，就是那些倒数第二排的街道。对我来说，那些街道，就像埋在地下的房基或我们自己看不到的骨骼一样，实际上我几乎是一无所知的。行走把我扔到了一个街角。我呼吸着黑暗，思想陶醉在寂静的假期中。视觉大概是因为我的劳累而被简化了，视线里丝毫没有复杂的东西。典型性的景象使一切显得不真实。街道两旁都是低矮的房子。尽管第一印象是不幸，第二印象却是实实存在的幸福。它是最不幸和最迷人的结合。没有一座房子向街道敞开。无花果树在街角的上方变得越来越模糊。拱形小门比墙体抻直了的线还要高，仿佛是用同黑夜一样无尽的物质加工而成的。人行道是向街面倾斜的，街面是用四大要素中的泥土铺成的，美洲还没有被征服前的泥土。胡同的另一头连通潘帕斯大草原，正在向马尔多纳多方向崩溃。乱糟糟的混浊地面上，一堵玫瑰色的围墙似乎不是将月光拒于门外，而是向外喷射出固有的光芒。大概没有比玫瑰色更好的表达来形容这种柔和细腻了。

我注视着这种简朴。我想，我一定大声喊过：这是三十年前的翻版……我设定它的日期：在别的国家里是现在，在世界多变的这一边却是遥远的过去。好像有小鸟在唱歌，我感到小鸟变成了一个可爱的小孩，身材就像小鸟般大小。最肯定的是，在这头晕目眩的寂静中只有蟋蟀叫个不停。"我生活在一八几几年"的简单思考已不再是一些表示约计的单词，它正在深入成为现实。我感觉到了死亡，我感觉到了对世界的抽象体验。我感觉到受"科学是形而上学的清醒剂"这一观念的启迪而产生的无以名状的恐惧。我不信教，我也没有逆被喻为时间的流水而上。确切地说，我怀疑自己正握着"永恒"这个不可思议的词隐藏的、不存在的意义。只是在之后，我才得以给这个想象下了定义。

现在，我想把这个想象这样描绘一下。宁静的夜晚、洁白的墙壁、纯朴的忍冬香气，这些同类事实的纯粹图景不仅仅是与三十多年前的那个街角的图景完全相同，而是就是同一幅图景，既不是相似，也不是重复。如果我们能够凭直觉抓住这种同一性，那么时间便成了一场幻觉：一个时刻昨天的形态和另一个时刻今天的形态之间的无差别性和不可分割性已足以戳穿这个幻觉。

毫无疑问，这种符合人之常情的时刻的数量并不是无穷无尽的。人类最基本的时刻，如肉体的痛苦、物质的享受、进入梦乡、听一首忧伤的乐曲、极度紧张或萎靡不振，更不是专属某人的。前面我已得出过结论：生命是极其贫乏的，更谈不上不朽了。我们甚至连我们的贫乏都没清晰地意识到，因为即便时间在经验上是很容易便可批驳的，在理智上却并非如此，要知道后者的实质同"连续发生"的概念是密不可分的。所以，通过这篇文章讲述动人的趣闻时，我依然感觉到那时捕捉到的模糊想法；坦言自己的优柔寡断时，我依然体味到真实的狂喜时刻以及关于永恒的启迪。那个夜晚对我实在很慷慨。

潘仲秋 译

B

在哲学史所记载的许多学说中，也许唯心主义是年代最久远、流传最广泛的。这一见解属于卡莱尔（《诺瓦利斯》，一八二九年）；除了他援引的哲学家外，还可以加上柏拉图学派的哲学家——对他们来说，唯一实际之物就是雏形（诺利斯、尤大·阿布拉瓦内尔、普莱桑、普罗提诺）；神学家——对于他们来说，一切非神明之物都具有偶发性（马勒伯朗士[1]、爱克哈特）；一元论者——他们把宇宙说成是绝对之物的多余的形容词（布拉德利、黑格尔、巴门尼德）……我无意编制一份无穷尽的统计名单。唯心主义，同对形而上学的探究一样年代久远，其最激昂的颂扬者是乔治·贝克莱，他的学说曾在十八世纪兴盛一时。同叔本华宣扬的学说（《作为意志和表象的世界》，第二卷第一节）相反，贝克莱的功绩不存在于对那种学说的直感，而在于他提出的阐述该学说的论据。贝克莱用这些论据来反对物质概念；休谟用这些论据论述悟性；我的目的则是用这些论据阐述时间。在这之前我会对这种辩证关系再作简述。

贝克莱否定物质。请正确理解：这并不说明贝克莱否定颜色、气味、滋味、声音和触感；他否定的是除了这些构成外在世界的感觉外，还存在没有人感受得到的痛苦，没有人

1　Nicolas Malebranche（1638—1715），法国哲学家、神学家。

看得见的颜色，没有人触摸得到的形体。他说把物质加入感觉等于在世界中添加一个不可感知的多余的世界。他相信一个由感官编织成的表面世界，但他认为物质世界（举例说，托兰德的世界）是一种虚幻的复制品。他指出（《人类知识原理》，第三节）："人们都会承认，无论是我们的思想、我们的喜怒哀乐，还是我们靠想象而形成的概念，离开了思维，都不复存在。我非常明白，感官所印入的各种感觉或概念，无论是以什么形式组合（也就是说，无论它们组合成什么客体），都只能存在于感知它们的思维中……我说这张桌子存在，只意味着我看到了它，我摸到了它。如果我在离开房间后作出同样的断言，那么我只是想说，假如把它放在我身边，我就能感知它，或者想说，另一个人能够感知它。谈论无生命之物的绝对存在，但不联系能否感知这些物体，我认为是不明智的。存在就是被感知，任何东西都不可能存在于感知它的思维之外。"在该书的第二十三节，为避免非议，作者又说："但是会有人说，没有什么比在草原上想象树、在图书馆里想象书更容易，不必要人费心去感知它。的确没有更容易的事了。但请告诉我，当你们这样做的时候，不正是在思维中形成了你们称之为树和书的某些概念吗？你们不过是隐去了感知树和书的人的概念：实则你们一向是在感知或想象它们的。我不否认思维有能力想象概念，我否认的是客体能够存在于思维之外。"在此段之前的第六节，作者已经声明过："有些真理十分清晰明白，睁开双眼就能看见。如下这条真理就是这类真理中最重要的一条：天地万物——构成宇宙这个巨大建筑的一切物体都不独立存于思维之外；除了能够感知的东西，其他都不存在；当我们不再思想的时候，一切物体都不存在，或只存在于一个永恒精神的思维中。"（贝克莱的神是一个无处不在的旁观者，其目的是赋予世界以连续性。）

　　我刚才介绍的学说已被恶意歪曲。赫伯特·斯宾塞对它作了批驳（《心理学原理》，第八部第六章），他说，如果在悟性以外没有任何事物，那么悟性在时间上和空间上应该是无穷尽的。关于时间，如果我们理解一切时间都是某人感知的时间，则是正确的；如果我们推论该时间应该必然地包含着不计其数的世纪，那就是错误的。然而关于空间，这是有悖法理的，因为贝克莱曾多次反复否定绝对空间（《人类知识原理》，第一百十六节；《西利斯》，第二百六十六节）。更不可理解的是叔本华在指出唯心论者认为世界是一种头脑现象时所犯的错误（《作为意志和表象的世界》，第二卷第一节）。然而，贝克莱曾写道（《希勒斯和斐洛诺斯的三篇对话》，第二篇）："作为可感觉物体，头脑只能存在于思维之中。我很想知道，你是否认为这种推测有理：思维中的一种概念或事物产生其他一切概念和事物。如果你的回答是有理，那么你将怎么解释这一原始概念或头脑的起源？"的确，头脑是外部世界的一部分，如同半人马星座。

贝克莱否认在感官印象之后有一个客体；大卫·休谟则否认在对变化的感知之后有一个客体。前者否定物质，后者否定精神；前者不希望我们在印象的连续中添加对物质的形而上学概念，后者则不希望我们在思维状态的连续中添加对一个"我"的形而上学概念。对贝克莱的论据如此扩充是非常合乎逻辑的，如亚历山大·坎贝尔所指出的，贝克莱本人对此早有预见；贝克莱甚至想借助笛卡儿派的"ergo sum"（"故我在"）来拒绝这种做法。"如果你的原理是真实的，那么你本人只不过是一个没有任何实体支撑的起伏不定的概念体系，因为不管是谈论精神实体还是物质实体都是十分荒谬的，"希勒斯先于大卫·休谟，在《希勒斯和斐洛诺斯的三篇对话》的第三篇也是最后一篇对话中说道。休谟予以证实（《人性论》，第一卷第四章第六节）："我们就是一串或一组以难以想象的快速互相接续的感知……思维是一种剧场，感知在那里出场、退场、返回并以无穷尽方式组合。我们切不能因为这种比喻而误入歧途。感知构成了思维，我们无法看出场景在何处发生，也不明白剧场用何材料建成。"

接受了唯心论者的论据后，我明白可以——或许不可避免地——走得更远。贝克莱认为，时间是"呈一体流动的、所有人都参与的概念的连续"（《人类知识原理》，第九十八节）；而对于休谟来说，时间是"一种不可分割的瞬间的连续"（《人性论》，第一卷第二章第三节）。然而，否定了物质和精神（二者都具有连续性），还否定了空间，我不知道我们还有什么权利留住这种连续性——即时间。在每种感知（现时的或推测的）之外不存在物质；在每种思维状态之外不存在精神；在每个现时瞬间之外也不会存在时间。我们选取一个最为简单的瞬间，例如庄周梦蝶的瞬间（翟理思：《庄子》，一八八九年）。大约在二十四个世纪以前，庄子梦见自己是一只蝴蝶，醒来后他不知道自己是一个曾经做梦变成一只蝴蝶的人，还是一只此刻梦想变成一个人的蝴蝶。我们不用考虑睡醒，来看看做梦的瞬间，或者说某一瞬间。"我梦见自己是一只空中的、对庄子一无所知的蝴蝶"，古文说道。我们永远弄不清楚，庄子是否看到一个他觉得自己在其上空飞舞的花园，或一个移动着的黄色三角——必定是他自己；但是我们很清楚，这个形象是主观的，虽然它是由记忆提供的。心身平行论可能会断定，这一形象应该是与做梦者神经系统中的某种变化相对应。根据贝克莱的观点，在那个瞬间不存在庄子的身体，也不存在他做梦的黑暗的卧房，除非作为神圣思维中的感知。休谟把上述事件更加简化，照他所说，在那里不存在庄子的精神，只存在梦的色彩和成为一只蝴蝶的确切信念。只存在"一串或一组感知"的瞬间时刻，即在耶稣诞生之前的四个世纪的庄子的思维；感知的存在便是作为一个时间无穷序列上从 $n-1$ 至 $n+1$ 之间的 n 点。对于唯心论来说，除了思维过程外没有别的现实。把一只客体蝴蝶加入一只被感知的蝴蝶似乎是种徒然的复制；把一个"我"加入到过程中也有嫌过分。唯心论判定有一次做梦、一次感知，但却没有做梦者，甚至没有一个梦；还断言谈论客体和主体就会陷入一种混杂的神话。现在，如果每种心理状态自身都充足有效，如果把它同一种境况或一个"我"联系起来是一种不合情理的、多余的补充，那么我们有何权利在其后把一个地点强加到时间中呢？庄子梦见自己是一只蝴蝶，在那个梦中他不是庄子，而是一只蝴蝶。去掉了空间和"我"，我们又如何把那些瞬间同梦醒的瞬间以及中国历史上的封建时代相联系呢？这么说并不是想表示我们将永远不知道那个梦的日期，即便是粗略估算。我们想表示，一个事件，世界上任何事件，其时间的确定与事件无关，并且是外在的。在中国，庄周梦蝶广为人知；我们可以想象，在其不计其数的读者中，有一位做梦成为蝴蝶，然后就成为庄子。我们再想象，由于一个并非不可能的巧合，这个梦完完全全地重复了大师的梦境。提出这一同一性后，有必要问：那些巧合的瞬间难道不是同一时刻吗？"单单一个重复的瞬间"不就足以打乱和搅混世界的历史，并宣称没有这种历史吗？

否定时间是两个否定：否定一个系列事件的连续性，以及否定两个系列事件的同时性。确实，如果每个事件都具有绝对性，其关系也就归结为一种认识：这些关系是存在的。一种状态先于另一种状态，如果事先知道；一种 G 状态与一种 H 状态同时共存，如果同时知道。与叔本华[1]在他的基本真理表（《作为意志和表象的世界》，第二卷第四节）上所宣称的相反，每个时间段并非同时填充整个空间，时间并非无处不在。（很清楚，论述到这一地步，已不存在空间了。）

迈农在其关于理解力的理论中接受了想象对象的理论：第四维——用我们的话说，或者是孔狄亚克的敏感的塑像，或者是洛克的假想动物，或者是 −1 的平方根。如果我指出的理由是有效的，那么属于这个恍惚迷离的星团的还有物质、"我"、外在世界、世界史、我们的生活。

此外，"时间的否定"这一词组有歧义，既可表示柏拉图或波伊提乌的永恒，也可表示塞克斯都·恩披里柯[2]的进退维谷。后者（《反独断论者》，第十一章第一百九十七节）否

1　在此之前牛顿曾断言："每一小块空间都是永恒的，每个不可分割的持续时刻存在于各个方面。"（《自然哲学的数学原理》，第 3 篇第 42 页）——原注
2　Sextus Empirius（活动时期约 3 世纪初），希腊哲学家、历史学家，现存著作有《皮朗主义纲要》等。

认过去，因为已过去；否认未来，因为尚不存在。他还论证了现在是可以分割还是不可分割。现在不是不可分割的，因为如果不可分割，现在将没有可以把它同过去相联系的起点，也没有可以把它同未来相联系的终点，甚至没有中间，因为缺乏起点和终点的事物是没有中间的；现在也不是可分割的，因为倘若可分割，那么现在就由一个曾经存在过的部分和另一个现在不存在的部分构成。因此，不存在现在，但由于过去和将来也不存在，因此时间也不存在。布拉德利重新发现并改善了这种茫然状况。他指出（《现象和实在》，第四章），如果现在可以被分割成别的现在，那么其复杂性不亚于时间；如果现在不可分割，时间只不过是无时间事物之间的一种关系。显然，这样的论证方法否定局部，以便以后否定全部；而我则是不接受全部而宣扬每个局部。通过贝克莱和休谟的辩证法，我领悟了叔本华的论断："意志出现的方式只能是现在，而非过去和未来；过去和未来只在概念中有之；遵循充足理由律（莱布尼茨），过去和未来也只在认识的连带关系中有之。谁也没有在过去生活过，谁也不会在未来生活；现在就是全部生活的形式，就是一种任何邪恶都不能剥夺的拥有……时间犹如一个不停地旋转的圆圈：下旋的弧就是过去，上旋的弧则是未来；上面有一个不可分割的点，即水平切线与圆周接触之处，这就是无广延性的现在。现在同切线一样不随圆圈转动，它是以时间为形式的客体和主体的接触点，而主体没有形式，因为其不属于可认知的范畴，而是认知的先决条件。"（《作为意志和表象的世界》，第一卷第五十四节）。公元五世纪的一部佛教论著《清净道论》用同样的比喻诠释同样的学说："严格说来，一个生命的持续时间同一个意念的持续时间一样。比如一只车轮在旋转时只有一个点触及大地，生命的持续时间，如同一个意念的持续时间。"（拉达克里希南《印度哲学》，第一卷第三百七十三页）。还有的佛教文献说世界每天要消灭和再生六十五亿次，所有的人都是一种幻觉，由一群转瞬即逝的孤独的人急速操纵这种幻觉。"一个过去时刻的人曾经活过，"《清净道论》写道，"但现在没有活着，将来也不会生活；一个未来时刻的人将来会活，但过去没有活过，现在也没有活着；一个现在时刻的人活着，但过去没有活过，将来也不会生活。"（《印度哲学》，第一卷第四百零七页）我们可以把这个论断同普卢塔克（《论特尔斐附近之人》）的论断相比较："昨天的人死在今天的人中，今天的人死在明天的人中。"

然而，然而……否定时间的持续性，否定"我"，否定天体宇宙，都是表面的绝望和秘密的安慰。我们的归宿（不同于斯威登堡的地狱和西藏神话的地狱）不因为非现实而可怕，却由于不可逆转并坚硬如铁而恐怖。时间是我的构成实体：时间是一条令我沉迷的河流，但我就是河流；时间是一只使我粉身碎骨的虎，但我就是虎；时间是一团吞噬我的烈火，但我就是烈火。世界，很不幸，是真实的；我，很不幸，是博尔赫斯。

朋友，这也已足够。倘若你想多读，

就去，自己会成为文字和本质。

（西里西亚的安杰勒斯：《基路伯式的漫游者》，第六卷第二百六十三首）

陆经生 译

268

论　经　典

很少有几门学科比词源学更引人入胜；因为随着时间的流转，词的原义会发生难以预料的变化。这变化有时几乎不合情理，以至于一个词的起源无法或者很难帮助我们弄明白一个概念。知道"计算"一词在拉丁文里是指小石块，知道在发明数字之前，毕达哥拉斯和他的弟子们用小石块计数，不见得就能掌握代数的奥秘；知道"伪君子"一词的起源是"演员"，"人"一词的起源是"假面具"，在研究伦理学时也不能当作有用的工具。为了确定我们今天所理解的"经典"这一形容词的含义，知道它的起源也帮助不大，它是从拉丁文"船队"（classis）演变而成，后来又有了"秩序"的含义。（我们不由得想起英文"井井有条"〔ship-shape〕一词也是由

"船只"和"形状"组成的。)

那么，经典作品是什么呢？我手头有托·斯·艾略特、阿诺德和圣伯夫的定义，肯定言之成理，给人启迪，我很乐意附和那几位名家的见解，但我不想查阅他们的说法。我是七十多岁的人了；到了我这个年纪，自己认为正确的意见比巧合或者新意更重要。因此，我只谈谈我对这个问题的想法。

首先引起我兴趣的是翟理思编的《中国文学史》（一九〇一年）。我在第二章里看到孔子编纂的五经之一《易经》叙述了六十四卦，也就是六条中断或中连的线所构成的全部组合方式。比如说，有一卦是两条中连的线、一条中断的线（巽）和三条中连的线（乾）。相传一位远古的皇帝在神龟的背壳上发现了这些符号。莱布尼茨认为那些六线形符号是一种二进制计数方法；另一些人认为是一种神秘哲学；再有一些人，例如威廉，认为是一种预测未来的工具，因为六十四卦代表任何人事或自然现象的六十四种状况；还有些人认为是某种部落语言；再有一些人则认为是历法。我记得胡尔-索拉尔经常用牙签或火柴棍排出卦形。对外国人来说，《易经》容易被仅仅当成是具有中国特色的玩意儿；但是几千年来一代又一代非常有学问的人潜心阅读，以后还将有人研究。孔子向弟子们宣布，如果天假以年，多活一百岁，他就要用一半的时间来钻研评述《易经》。

我有意选了一个极端的、神乎其神的例子。现在言归正传，谈到我的论点。经典作品是一个民族或几个民族长期以来决心阅读的书籍，仿佛它的全部内容像宇宙一般深邃，不可避免，经过深思熟虑，并且可以作出无穷无尽的解释。可以预见，那类决心是因人而异的。对于德国人和奥地利人来说，《浮士德》是一部了不起的著作；对于别的民族来说，它是最著名的引起厌倦的方式之一，正如弥尔顿的《复乐园》或者拉伯雷的作品。《约伯记》、《神曲》、《麦克白》（对我来说，还有一些北欧传说）估计可以流传很久，但是我们不知道将来如何，反正肯定和现在有所不同。一种喜爱很可能带有迷信成分。

我没有嘲弄传统观念的爱好。一九三〇年，在马塞多尼奥·费尔南德斯[1]的影响下，我认为美是少数几个作家的特

---

1 Marcedonio Fernández（1874—1952），阿根廷作家。

权；现在我知道它是共有的，在二三流的作家的作品或者在街谈巷议中都能偶然发现。虽然我完全不懂马来文或匈牙利文，但我敢肯定，如果我有时间和机会学习，一定能在那两种文字里找到精神需要的全部食粮。除了语言障碍之外，还有政治和地理的障碍。彭斯是苏格兰经典诗人，而在特威德河[1]以南，他的影响就比邓巴[2]或斯蒂文森小。总之，诗人的光荣取决于世世代代的不知名的人在他们冷清的书房里检验其作品时所表现的激动或冷漠。

文学引起的激情也许是永恒的，但是方法必须不断改变，哪怕只有一些极小的变化，才不至于丧失它的魅力。随着读者的日益了解，那些方法也逐渐失效。因此，断言经典作品永远存在是危险的。

每个作家都不再相信自己的艺术和技巧。我无可奈何地怀疑伏尔泰或者莎士比亚的无限期的经久不衰，而（在一九六五年底的今天下午）认为叔本华和贝克莱的作品是不朽的。

1　River Tweed，苏格兰东南部和英格兰东北部之间的河流，注入北海。
2　William Dunbar（约1465—约1530），苏格兰诗人，被誉为"北方的乔叟"。

我重说一遍，经典作品并不是一部必须具有某种优点的书籍；而是一部世世代代的人出于不同理由，以先期的热情和神秘的忠诚阅读的书。

　　　　　　　　　　　　　　　　　　　　　王永年　译

JORGE LUIS BORGES

Otras inquisiciones

图字：09-2010-605 号